LES VOYAGEURS
Pendragon avant la guerre

Créé par D.J. MacHale
Écrit par Walter Sorrells

LES VOYAGEURS

Pendragon avant la guerre

Livre 3

Traduit de l'anglais (États-Unis) par Thomas Bauduret

éditions du
ROCHER

JEUNESSE

Déjà parus, dans la même série,
les livres I et II des *Voyageurs*,
avant leur rencontre avec Bobby Pendragon.

Titre original : *Pendragon Before the War : Book Three of the Travelers*.

La présente édition est publiée en accord avec l'auteur, représenté par Baror International Inc., Armonk, New York, USA.

ISBN : 978-2-268-06946-3

LOOR

CHAPITRE 1

Ce matin-là, le soleil tapait très fort. Loor se tenait au sommet de la dune de sable, à scruter l'horizon. Cela faisait trois jours qu'elle suivait le voleur, et pourtant, elle ne l'avait encore jamais vu. L'homme qu'elle traquait était un fantôme, une simple piste composée de pas indistincts dans le sable.

Lorsqu'elle avait perdu sa trace, elle s'était contentée de suivre un énorme oiseau – un hindor – qui, depuis son départ de Xhaxhu, volait au-dessus de sa tête au gré des courants d'air chaud. Difficile de dire s'il lui servait de porte-bonheur ou de guide. Quoi qu'il en soit, le grand oiseau noir ne l'avait jamais entraînée dans la mauvaise direction.

Mais maintenant, elle n'avait pas vraiment besoin de son aide. Elle pouvait dire qu'elle se rapprochait du voleur car ses empreintes étaient de plus en plus nettes. Lorsqu'elle avait entamé sa poursuite aux portes de Xhaxhu, elles étaient parfois presque invisibles, le vent se chargeant de les effacer. Il lui arriva de devoir revenir en arrière pour chercher la moindre trace de son passage. Et d'autres fois, sa proie lui avait joué des tours, décrivant des cercles, sautant d'une pierre à

7

l'autre pour ne pas laisser d'empreintes ou lui créer de fausses pistes pour mieux la semer.

Mais maintenant, il ne pouvait plus lui échapper. Ce n'était plus qu'un concours de volonté. Elle secoua sa cantine d'eau. Si elle faisait attention, il lui restait de quoi tenir encore une journée. Sans se rationner, quelques heures tout au plus. Ses lèvres étaient sèches et craquelées, ses pieds couverts de cloques. Malgré sa peau foncée, presque noire, les rayons du soleil avaient brûlé son épiderme et fait peler la peau de ses épaules et de son visage.

Au-dessus d'elle, l'oiseau géant décrivait des cercles paresseux, soutenu par les courants d'air chaud. C'était la seule créature vivante qu'elle ait vue depuis des jours. Pas un serpent, pas un lézard, pas une mouche, pas même un moustique.

Ce désert n'était pas fait pour les humains. Le ciel était d'un bleu limpide sans même l'ombre d'un nuage.

Les monticules de sable moutonnaient devant elle. C'est alors que, pour la première fois, elle le vit. Une petite tache noire à trois dunes d'elle. Il s'arrêta et regarda en arrière. Le voleur n'avait pas l'air particulièrement pressé. Elle savait qu'il l'avait repérée, bien qu'elle ne puisse voir à quoi il ressemblait. Il portait la même robe que les tribus cannibales du désert, mais elle ne distinguait rien de ses traits.

Il la regardait. L'étudiait. Cherchait une faiblesse. Finalement, il leva le bras et lui fit un petit signe, sans se presser, comme pour la féliciter d'être arrivée jusque-là.

Puis il se retourna et disparut.

Elle eut un sourire farouche.

Trois jours plus tôt, Loor ne pensait certainement pas à se retrouver dans le désert. C'était le premier jour d'Azhra, la période de vacances la plus importante de l'année. Durant la semaine que durait ce festival, même les guerriers les plus endurcis, comme Loor, prenaient un congé. Tout le monde mettait ses plus beaux habits et mangeait les plats les plus exquis. Les rues de Xhaxhu brillaient de mille couleurs, et de l'eau s'écoulait dans les fontaines de la cité, comme au bon vieux temps.

Il y avait des années de cela, Xhaxhu s'élevait au milieu d'une immense plaine fertile. Bien que les pluies ne soient pas très abondantes, de vastes rivières sillonnaient les terres, irriguant les champs et rendant florissantes ces terres arides. Le festival d'Azhra était en l'honneur de ce roi du même nom, qui avait guidé son peuple à travers le désert jusqu'à ce qu'il tombe sur l'oasis fertile qui devait devenir Xhaxhu.

Mais les choses avaient changé. D'abord, ce fut une légère diminution du débit d'eau en été. Au fil du temps, le phénomène devint bien plus important. Durant une grande partie de l'année, des changements dans l'atmosphère provoquèrent une diminution des précipitations dans les lointaines montagnes d'Elzehe'er. Ainsi, les rivières avaient fini par s'assécher.

Finalement, les Rokador, une peuplade voisine, avaient créé de grands tunnels souterrains et des aqueducs permettant de collecter et stocker le peu de pluie qui tombait dans ces montagnes lointaines. Ainsi, on avait pu préserver les fermes entourant Xhaxhu. Mais chaque année, les précipitations se faisaient plus rares, les cours d'eau se raréfiaient et les cultures mouraient de soif.

Les unes après les autres, les fermes furent abandonnées, les vergers se flétrirent, les champs furent délaissés... et les sables ne cessèrent de se rapprocher de Xhaxhu.

Cependant, durant le festival d'Azhra, tous ces malheurs étaient oubliés. Les Batu, le peuple de Loor, oubliaient la sécheresse, et l'eau coulait à flots. Il y avait bien longtemps, le festival signalait le début de la saison des pluies. On organisait une grande cérémonie publique qui se tenait sur la place centrale de la ville. Il y avait des discours, des chants et des danses. Les guerriers défilaient dans leurs plus beaux uniformes et faisaient étalage de leurs talents.

On amenait une grande jarre remplie d'eau au-dessus du public. Chaque année, un guerrier s'emparait de l'ancienne hache d'or d'Azhra et frappait la jarre, aspergeant la foule – symbole de cette pluie porteuse de vie qui alimentait la ville.

Cette année, Loor avait été sélectionnée pour manier cette même hache.

Mais au premier jour d'Azhra, elle avait reçu un message urgent en provenance du Conseil suprême, l'assemblée qui assistait Khalek a Zinj, le roi de Xhaxhu. Ces derniers temps, la santé de Khalek a Zinj n'avait cessée de décliner, si bien que son jeune fils, Pelle a Zinj, se chargeait officiellement de le remplacer. Mais comme Pelle manquait d'expérience, il laissait ses conseillers assurer l'essentiel des débats. Osa, la mère de Loor, était membre de ce Conseil, la jeune fille avait donc une idée de son fonctionnement. Mais être convoquée pour servir, non pas d'observateur, mais de participante était un grand honneur.

Les nouvelles étaient mauvaises. D'après Erran, le chef des conseillers, on avait volé cette hache d'or qui avait traversé des générations entières.

– Pourquoi ferait-on une chose pareille ? avait-elle demandé alors qu'elle se tenait devant le Conseil.

L'un des plus vieux conseillers du roi, un dénommé Shakar, s'était levé en tendant un doigt accusateur.

– C'est un coup des Rokador ! avait-il crié. Ces traîtres connaissent l'importance que notre peuple accorde à Azhra. Ils cherchent à nous humilier ! Il faut les attaquer sans plus tarder !

Mais Erran, le chef du Conseil, avait déclaré :

– Silence, Shakar ! On ne sait pas s'ils sont coupables.

– Qui d'autre pourrait l'être ? avait demandé Loor.

– Nous l'ignorons, Loor.

Osa s'était levée à son tour pour prendre la parole. Elle ressemblait beaucoup à Loor – grande, forte, la peau noire. Mais ses traits étaient moins durs et elle avait le sourire plus facile. Néanmoins, aujourd'hui, elle était très sérieuse.

– Il est probable que le voleur soit un Zafir.

Les Zafir étaient une tribu farouche habitant les déserts entourant Xhaxhu.

– Un homme vêtu d'une de leurs robes a été repéré près du temple où est conservée la hache d'or.

– Ce pouvait être un Rokador déguisé ! avait crié Shakar.

– Oui ! avait renchéri un autre conseiller.

Le débat ne devint plus qu'un brouhaha. Erran leva les mains pour demander le silence.

– N'accusons pas prématurément les Rokador. Si j'ai convoqué Loor, c'est pour une bonne raison.

– Laquelle ? avait-elle demandé.

– Cet homme en robe a été vu devant les murs de Xhaxhu il y a moins d'une heure. Tu as pour ordre de le suivre dans le désert et de récupérer la hache.

Loor s'était retournée vers sa mère. Osa lui avait rendu son regard, impassible.

– Qui devrai-je prendre avec moi ? Puis-je choisir mon équipe ?

Erran avait secoué la tête.

– Tu iras seule.

Loor avait tenté de cacher son trouble. Pourquoi l'envoyaient-ils sans assistance ? Et pourquoi pas quelqu'un de plus âgé ? Elle avait étudié à nouveau le visage de sa mère. Mais Osa ne laissait rien paraître. À la voir, un observateur extérieur n'aurait jamais pu croire qu'elles étaient de la même famille.

Le prince Pelle a Zinj avait alors pris la parole pour la première fois.

– Si nous envoyons tout un groupe, il se déplacera à la vitesse du plus lent de ses membres. Non, Loor, tout au long de cette année, ta participation aux jeux a illustré ta détermination et ta réactivité. Tu iras seule. Tu trouveras ce voleur. Et tu lui reprendras ce qui nous appartient.

Lorsqu'un guerrier Ghee recevait un ordre direct d'une autorité royale, il ne pouvait pas le contester. Il se contentait de lui obéir.

Loor s'était agenouillée pour poser son front sur le sol.

Après l'audience, Osa avait raccompagné sa fille jusqu'à sa chambre.

– Pourquoi moi ? avait fini par dire Loor. Xhaxhu ne manque pas de guerriers expérimentés. Est-ce toi qui t'es arrangée pour qu'ils me choisissent ?

– Tu sais que je ne ferais jamais une chose pareille, Loor. C'est Erran qui a suggéré de t'envoyer. Il s'est dit que ta jeunesse et ta vigueur feraient des merveilles.

– Bien, répondit Loor. Je ne voudrais pas que quelqu'un s'imagine que j'ai eu cette mission parce que je suis la fille de la grande Osa.

Celle-ci avait souri et posé sa main sur le bras de sa fille.

– Tu l'as bien méritée. Fais ton devoir, et un jour, pour tout le monde, tu ne seras plus « la fille d'Osa ». En fait, c'est plutôt moi qui deviendrai bientôt « la mère de la grande Loor ».

Loor avait failli en rire. Mais elle n'en avait rien fait. Une guerrière se devait de garder son sérieux.

***

Une demi-heure plus tard, les tenues de vacances colorées de Loor gisaient sur le sol de sa chambre, et elle courait vers le flanc nord-ouest de la ville, un lourd sac sur le dos, son bâton de guerre à la main.

À midi, elle avait repéré les empreintes du voleur. Elles sinuaient entre les fermes abandonnées, dépassant des puits asséchés et des arbres tordus dépourvus de fruits. À la fin de la journée, elle se retrouva à cheminer dans le sable. Les pas du voleur étaient mesurés, il n'avait pas l'air pressé. Il ne montrait ni frayeur, ni hâte.

Lorsqu'elle finit par s'allonger sur le sable, les étoiles clignotant au-dessus de sa tête, elle avait acquis au moins une certitude : ce n'était pas un tour des Rokador. Dans tout Zadaa, il n'y avait pas un seul d'entre eux capable de marcher dans le désert avec un tel calme. Cette tribu avait

un nom pour cette grande étendue désolée : « shu-roka-nak », ce qui signifiait « Là où les Rokador meurent ».

Non, ce voleur était un fils des sables.

Elle se permit un petit sourire. Le désert ne pardonnait pas, et ses tribus étaient dures et sauvages. Cette mission était une véritable épreuve.

***

Lorsque le soleil finit par décliner à l'horizon, Loor s'était encore rapprochée du voleur. Elle l'avait poursuivi sans relâche. Or même avec tout son entraînement, le désert commençait à lui peser. Elle avait dû boire plus d'eau que prévu. Mais cela n'avait pas d'importance. Lorsqu'elle l'avait vu pour la première fois, il était à trois dunes d'elle. Maintenant, à chaque fois qu'elle atteignait le sommet d'une colline ensablée, il était là, luttant pour franchir la suivante.

Elle se rapprochait. De plus en plus. Mais elle devrait s'emparer de lui à la tombée de la nuit. Le voleur avait certainement des réserves d'eau. S'il lui échappait durant la nuit, elle se retrouverait à sec dès que le soleil se lèverait le lendemain matin. Et sans eau, tout son entraînement, ses dons et sa détermination seraient inutiles. Elle mourrait. Tout simplement. Elle n'avait pas de quoi rentrer à Xhaxhu.

Elle avait abandonné son sac quelques heures plus tôt afin de gagner du temps. Soit elle rattrapait le voleur, récupérait la hache et s'emparait de son eau…

Soit elle périssait dans ce désert.

Elle errait dans un brouillard de douleur. Ses pieds et ses poumons étaient en feu, tout son corps n'était plus qu'une plaie. Et la soif retardait sa progression. Elle commençait à croire sérieusement qu'elle allait laisser sa vie dans ces sables.

Ses jambes risquaient de la lâcher à tout moment. Pourtant, elle continuait son chemin. Et la distance qui la séparait de sa proie ne cessait de diminuer.

Lorsqu'elle atteignit le sommet de la dune suivante, elle constata que le paysage avait changé. La couche de sable faisait place à un désert stérile. Des pierres et d'étranges formations rocheuses se dressaient dans le ciel. Elle avait déjà entendu parler de ce lieu. C'était le haut plateau qui menait aux montagnes.

Elle pouvait voir les sommets de la chaîne d'Elzehe'er couronnés de neiges éternelles, même en cette saison.

En dessous d'elle, sur la pente de la dernière dune, elle put voir le fugitif. Pour la première fois, il semblait pressé, comme s'il avait fini par admettre qu'elle constituait une menace. Il jeta un coup d'œil par-dessus son épaule. Il ne cessait de glisser sur le sable tout en cherchant à prendre pied sur un plateau plus stable.

Il n'était plus qu'à une centaine de mètres.

Loor sentit monter en elle un sentiment de joie. Oui. Elle y arriverait.

Elle prit le temps de boire les dernières gouttes d'eau qui lui restaient, puis jeta sa gourde dans le sable et poussa le cri de guerre guttural des Batu.

Ce même cri ricocha entre les formations massives qui s'étendaient devant elles. Au loin, le soleil toucha le sommet d'une des roches. Puis elle vit le hindor passer devant ce disque rouge, ses longues ailes noires déployées.

Loor leva son bâton de combat et partit à l'assaut.

CHAPITRE 2

Jusque-là, Loor n'avait pas pu obtenir la moindre information sur cet homme. Était-il grand, petit, blanc, noir? C'était impossible à dire, étant donné le gigantisme des dunes et les replis de la robe dissimulant son corps.

Mais au fur et à mesure qu'elle se rapprochait, elle constata qu'il était plus petit qu'elle ne l'avait cru jusqu'alors. Du coup, il ne pouvait plus la distancer. Et, pour la première fois depuis qu'elle s'était lancée à sa poursuite, elle fut heureuse de porter la tenue courte d'un guerrier Ghee plutôt que la lourde robe des hommes du désert.

Mais le voleur ne regarda pas en arrière. Il se contenta de foncer en zigzaguant au milieu des formations rocheuses. Il était rapide, mais Loor l'était plus encore, malgré la fatigue et sa poitrine en feu.

Elle n'était plus qu'à quelques mètres de sa proie lorsque celle-ci plongea entre deux colonnes de pierre. Elle la suivit pour se retrouver dans une sorte de caverne – un cul-de-sac entouré de grands murs de pierre pâle. Le sol était jonché d'amas rocheux aux formes étranges. Ces formations n'avaient pas l'air naturelles, bien qu'elle ne sût pas à quoi elles pouvaient servir. Était-ce une sorte de cimetière tribal ? Un site religieux pour les gens du désert ?

Sans cesser de courir, le voleur jeta un coup d'œil en arrière. Il était presque à l'autre bout de la caverne lorsqu'il trébucha et s'étala sur le sol de pierre.

Loor se précipita vers le voleur qui gisait au sol. Alors qu'elle s'approchait, il leva les yeux sur elle, lui permettant de distinguer ses traits… elle eut un choc.

Ce n'était pas un homme, mais un enfant. Il ne devait pas avoir plus de onze ou douze ans.

Elle s'arrêta net et le dévisagea.

– Donne-moi la hache, lui dit-elle.

Le garçon ne répondit pas.

– Tu m'as bien fait courir, fiston, reprit-elle. Je te félicite. Tu es fort et courageux. Mais je suis d'une autre trempe. Donne-moi la hache et assez d'eau pour le voyage de retour, et je ne te ferai aucun mal.

Afin de ponctuer son ordre, elle leva son bâton, prête à frapper si le garçon essayait de se défendre.

Celui-ci ne disait toujours rien. Mais un petit sourire étira ses traits.

Soudain, Loor sentit les poils de sa nuque se hérisser. Son instinct de guerrière lui disait que ce n'était pas normal. Mais ce n'est qu'en entendant un bruit étrange qu'elle comprit. Un fracas de pierres.

Une vague de colère monta en elle.

Elle se retourna d'un bond. Dans toute la caverne, les amas de cailloux se mirent à bouger. Des hommes en émergèrent peu à peu, telles des créatures mythiques nées de la roche elle-même.

Mais ce n'étaient pas des êtres de légende. C'étaient des hommes du désert, munis des petits arcs incurvés armés d'une flèche, typiques de leur peuple.

Finalement, le dernier d'entre eux fit son apparition, et la dernière pierre rebondit sur le sol. Un instant, le silence retomba, uniquement rompu par le vent chaud sifflant au sommet du canyon.

Loor savait qu'elle n'avait aucune chance de les vaincre tous. Ils devaient être une vingtaine, dissimulant leurs visages sous des capuches. En plus, leurs arcs étaient braqués sur elle. Tout le monde savait que ces gens du désert étaient des archers d'élite. Comme rien ne poussait sous ce climat, il leur arrivait de devoir survivre pendant des mois du produit de leur chasse.

Mais Loor n'avait pas l'intention de se rendre. Le prince régnant lui avait personnellement donné une mission à remplir, et elle avait échoué. Une belle mort était la seule chose qui pouvait la racheter.

– Donne-moi la hache, répéta-t-elle au garçon.

Celui-ci la tira d'un des replis de sa robe. En la voyant, Loor ressentit une pointe d'enthousiasme. Sa poignée de bois ancien comportait des gravures élaborées, démontrant des dons artistiques que – elle le savait – son peuple avait perdu il y avait bien longtemps. La lame, quant à elle, était en or massif. Contrairement au manche, elle était simple et sans ornements – un bout de métal marqué par les nombreux coups qu'elle avait portés, année après année, durant les précédents festivals d'Azhra.

D'un geste négligent, le garçon la jeta au sol.

C'est alors qu'un homme se détacha du groupe d'archers et marcha vers elle d'un air hautain.

– Crois-tu vraiment qu'elle nous intéresse ?

– Cette hache a une grande valeur, répondit Loor.

– Elle est laide et inutile. Ce n'est qu'un jouet. Si je voulais une arme comme celle-ci, je l'aurais forgée avec du fer.

– Alors je la reprends. Donnez-moi juste un peu d'eau et je m'en…

Ses doigts n'eurent pas le temps de se refermer sur la poignée qu'une flèche siffla dans les airs et se planta sur le sol.

– Si tu veux cette hache, lança l'homme, tu devras nous la prendre.

Sur ces paroles, Loor passa immédiatement à l'action. Elle ramassa la hache et la jeta à son interlocuteur. Celui-ci l'évita d'un geste fluide et la lame frappa la tête d'un autre homme qui se tenait derrière lui.

Celui qui s'était adressé à Loor abaissa sa capuche. Il avait la peau claire – mais pas autant qu'un Rokador – et des cheveux noirs. Une profonde cicatrice labourait son visage, et son orbite gauche n'était qu'un trou béant entouré de tissu cicatrisé.

Loor lui fonça dessus.

Elle s'attendait à recevoir une volée de flèches. Mais les archers se contentèrent de la suivre avec leurs armes.

Avant qu'elle n'ait pu l'atteindre, le borgne tira un bâton long et mince de sous sa robe. Il était fait d'un bois qu'elle ne put reconnaître – noir, dense, luisant. Il s'était mis en position de défense, attendant qu'elle arrive à sa hauteur.

Mais Loor ne lui laissa pas le temps de reprendre ses esprits. Elle se contenta d'attaquer. Son bâton à lui était plus mince que le casse-tête de Loor, donc, plus maniable. La jeune Batu s'entraînait depuis qu'elle était en âge de porter une arme, mais l'homme avait une technique particulière qui la surprit. Elle était plus forte, plus rapide… mais il semblait avoir une parade pour chacun de ses coups.

– Fils ! cria-t-il au voleur resté à terre. Au combat, quelle est notre première règle ?

– Ne jamais attaquer le premier, répondit-il.

Loor tenta d'en profiter pour chercher une ouverture, mais son adversaire para et lui frappa le biceps. Le coup n'était pas assez violent pour lui casser le bras, mais son membre devint si engourdi qu'elle eut peur de lâcher son casse-tête.

– Tu as foncé dans ce canyon bille en tête sans prendre le temps de l'étudier correctement, dit l'homme.

Loor était sûre qu'en temps normal, elle l'aurait vaincu assez vite. Mais la chaleur, la fatigue et la déshydratation jouaient contre elle. À chaque fois que la garde de son adversaire se relâchait, elle était trop lente pour riposter.

L'homme la frappa encore une fois. Son bâton mince ne semblait pas conçu pour briser des os, mais pour faire mal. Cela rendait Loor furieuse. Ce n'était même pas une vraie arme ! D'un seul coup de casse-tête, elle aurait pu mettre fin à ce combat. Mais elle n'arrivait pas à le porter !

Pourtant, elle continuait d'attaquer, promenant son adversaire d'un côté à l'autre du canyon, les hommes de son clan toujours en position de défense. Finalement, elle vit une nouvelle ouverture. Sans rompre le rythme de ses attaques, elle plongea en avant.

Au moment où elle crut que son casse-tête allait frapper le crâne de l'homme, il fit un pas de côté. Son mince bâton noir siffla dans l'air et passa entre les jambes de Loor. Utilisant son propre élan, il accrocha la cheville droite de la jeune femme, l'envoyant s'écraser sur le sol. Elle sentit son genou s'écorcher contre la pierre.

Mais la douleur n'était rien ; il y avait longtemps qu'elle avait cessé d'y penser.

– N'attaque jamais la première, déclara l'homme, un bref sourire étirant ses lèvres.

Par contre, les insultes pouvaient encore l'atteindre. Au bâton, elle était la meilleure de tout Xhaxhu. Son visage ornait toutes les affiches et ses talents étaient commentés après chaque partie. Pourtant, cet homme se moquait d'elle !

Elle se leva d'un bond en poussant un cri de guerre. « Je ne me laisserai pas vaincre ! » se dit-elle. Cette fois, alors qu'elle chargeait, l'homme recula devant elle. À sa grande joie, elle s'aperçut qu'elle commençait à voir clair dans son jeu. Toutes ses petites feintes, ses basculements de poids et ses mouvements furtifs ne le sauveraient pas.

L'homme para et évita ses coups furieux. Elle puisa au plus profond d'elle la force d'attaquer une dernière fois. Elle décida aussi qu'elle ne se contenterait pas de gagner ce combat. Elle devait humilier son adversaire.

Feignant d'être plus fatiguée qu'elle ne l'était réellement, Loor abaissa légèrement son casse-tête. Un geste subtil… mais qui offrit une ouverture à l'homme. Il saisit sa chance, plongeant en avant pour lui fracasser la tête de son bâton. Elle réagit en retournant contre lui la parade qu'il avait utilisée un peu plus tôt: elle se glissa sur le côté, fourra son casse-tête entre ses genoux et le fit trébucher.

L'homme s'abattit violemment sur le sol avec une grimace de douleur. Il lâcha son bâton.

Loor fit un pas en avant, posant son pied sur son bras droit tout en levant son arme pour porter le coup final.

– En arrière, tous! cria-t-elle. En arrière ou il est mort!

Nul ne fit le moindre geste.

Loor baissa les yeux. Elle s'attendait à ce que le visage de son adversaire reflète la peur et la douleur. Mais à son grand étonnement, elle constata qu'il souriait.

– Parfait! dit-il.

Il leva sa main droite en tendant deux doigts, puis les laissa retomber. Son geste semblait né d'une longue pratique, comme un signal.

Sur ce, les hommes ouvrirent le feu. Le sifflement des flèches résonna entre les parois rocheuses.

« J'ai échoué, se dit-elle. Mais au moins, j'aurai une mort honorable. »

Puis les traits frappèrent leur cible.

CHAPITRE 3

Loor attendit que la douleur vienne, mais elle n'eut que l'impression d'être immobilisée. C'est alors qu'elle comprit ce qui s'était passé. Les flèches l'avaient ratée. Toutes.

Ça n'avait aucune importance. Car en un éclair, elle réalisa que ces hommes ne voulaient pas la tuer. Chacune des flèches se prolongeait d'une mince cordelette. Elle se retrouvait prisonnière d'une véritable toile d'araignée. Tout autour d'elle, les hommes empoignaient l'autre bout de ces cordelettes pour courir en décrivant des cercles. Elle tenta de se débattre.

Le temps qu'elle comprenne ce qui se tramait, il était trop tard. La moitié de ses adversaires courait dans une direction, l'autre moitié dans l'autre, s'entrecroisant en tissant leur toile. Leurs gestes précis prouvaient qu'ils avaient déjà employé cette tactique de nombreuses fois.

En quelques secondes, elle se retrouva ligotée de la tête aux pieds. Le borgne se releva d'un bond. Incapable de bouger, elle ne put même pas résister lorsqu'il la fit tomber et glissa son bâton sous les cordelettes qui l'entravaient.

Il étudia son visage.

– Parfait, répéta-t-il. Regardez-la. Après trois jours dans le désert, à court d'eau, elle a tout de même failli me tuer. (Il sourit à ses hommes.) Vous avez bien joué votre rôle ! Le roi Allon vous récompensera dignement ! (Il claqua des doigts en regardant deux des spectateurs.) Emportez-la.

Tous deux s'avancèrent et prirent chaque extrémité de son casse-tête pour la soulever et la prendre sur leurs épaules, laissant sa tête ballotter au-dessus du sol. Loor comprit avec horreur ce qui allait lui arriver. Elle se souvint de ce qu'on disait sur ces tribus du désert. Des histoires de sacrifices humains. De cannibalisme.

Sa seule consolation, c'était que personne ne saurait jamais ce qui lui était arrivé. Sa mère ne connaîtrait jamais la honte de savoir que sa fille avait été dévorée par des cannibales. Un tel affront pouvait souiller l'honneur d'une famille sur des générations ! Elle en avait la nausée. À côté, même la certitude de sa propre mort semblait secondaire.

– Avant que vous puissiez me manger, dit-elle, je vais m'affamer. Me rendre malade. Comme ça, j'aurai mauvais goût.

Le borgne éclata d'un rire sonore.

– Te manger ! Vous autres Batu êtes tellement bêtes ! Ainsi, vous colportez encore ces histoires ridicules ? Cela fait des siècles que les nôtres ont renoncé au cannibalisme.

– Alors qu'attendez-vous de moi ?

Il fit un signal à ses hommes en traçant un grand cercle dans le vide. Puis il désigna l'entrée du canyon. Les guerriers se mirent en ligne et l'amenèrent à l'avant, comme un trophée. Derrière elle, Loor vit qu'ils s'étaient contentés de laisser la hache, ce trésor plusieurs fois centenaire si cher à son peuple, gisant sur le sol comme un simple déchet.

– La hache ! s'écria-t-elle.

– Elle ne nous intéresse pas, répondit le borgne. Pour nous, ce n'est qu'une babiole sans importance. Dans le désert, tout doit avoir son utilité. C'est un environnement trop hostile pour permettre la moindre frivolité.

Loor vit disparaître la hache tandis qu'ils sortaient du canyon. Elle s'était toujours crue issue du peuple le moins frivole au monde, mais elle devait bien admettre qu'elle le comprenait. Là-dehors, tout ce qu'on ne pouvait boire, manger ou utiliser pour éviter d'être tué par la chaleur ou le froid, était inutile.

– Où va-t-on ? demanda-t-elle.

– Tu sais, c'est un grand honneur, répondit-il.

Loor cracha à terre. Un honneur ? C'était la pire humiliation qu'elle ait jamais connue !

– Nous sommes un peuple isolé et peu nombreux, reprit l'homme. Pour qu'il garde ses forces, il nous faut du sang neuf.

Loor cligna des yeux. Que racontait-il ?

– Nous savions que si on volait votre hache, votre roi enverrait quelqu'un la récupérer. Une guerrière. Vos hommes sont forts, mais dans le désert, les femmes Batu peuvent durer plus longtemps et aller plus loin. Donc, nous savions qu'une fille d'un courage et d'une résistance hors du commun finirait par venir à nous. (Il eut un sourire.) Et te voilà. Non seulement forte et pleine de vie… mais aussi jeune et belle.

– Et pour ça, vous avez envoyé un gamin de dix ans ? Votre propre fils ? Et si on l'avait capturé ? Ou tué ? Ou s'il était mort dans le désert ?

– Je suis sûr que la notion d'honneur ne t'est pas étrangère ? reprit l'homme en flattant l'épaule de son fils. Et il a onze ans.

Le garçon semblait si fier de lui qu'il était au bord de l'explosion.

Loor ne put s'empêcher d'admirer ces gens. Ils étaient bien différents de ce à quoi elle s'attendait.

Le borgne sourit à son fils :

– Cela lui fera une sacrée histoire à raconter à ses petits-enfants ! « À l'âge de onze ans, je me suis 'ntroduit dans la grande ville de Xhaxhu pour dérober son plus grand trésor. » Ce genre de choses n'a pas de prix.

– Tu n'as toujours pas répondu à ma question. Qu'est-ce que vous attendez de moi exactement ?

– Le roi Allon a atteint un certain stade dans sa vie. Il est temps qu'il ait un héritier.

– Mais qu'est-ce que tu racontes ?

La caravane était sortie des rochers et abordait la première dune. Ils retournaient dans le désert. Au loin, le soleil était descendu à l'horizon. Le ciel était d'un rose brillant. L'air fraîchissait déjà. Bientôt, elle le savait, il ferait vraiment froid.

– Chut, répondit-il. On ne parle pas dans le désert. À chaque fois que tu ouvres la bouche, ton souffle exhale de l'humidité. Inutile de gaspiller une eau précieuse sur ces sables sans vie.

– Je me tairai lorsque tu auras répondu à mes questions ! hurla Loor. Qu'allez-vous faire de moi ?

Le borgne l'étudia longuement comme s'il hésitait à gaspiller un peu de sa précieuse humidité pour la renseigner.

— Félicitations, finit-il par dire. Dans trois jours, tu épouses le roi de Zafir.

Puis il remit sa capuche, et son visage disparut dans les ténèbres.

CHAPITRE 4

Durant les trente-six heures qui suivirent, personne ne dit un seul mot. La troupe marcha lentement, méthodiquement sur le sable.

Le lendemain vers midi, ils quittèrent à nouveau les sables en mouvement pour aborder une série de collines désolées et de plus en plus hautes à l'ombre de la chaîne d'Elzehe'er. La chaleur finit par diminuer, mais les terres restaient arides et desséchées.

Plus tard, ils atteignirent le sommet d'une petite avancée rocheuse. Soudain, en contrebas, dans une petite vallée, un spectacle stupéfiant apparut.

De l'eau.

Et pas qu'une petite mare : un véritable lac autour duquel s'étendait une vallée verdoyante. Des troupeaux de moutons gambadaient dans l'herbe. Et dans le lointain, à un peu plus d'un kilomètre, il y avait un vrai labyrinthe de tentes. Certaines étaient rouges, d'autres jaunes, blanches, multicolores, certaines encore ornées de motifs. Un vrai patchwork de couleurs.

En apercevant la cité de tentes en contrebas, les hommes rabattirent leurs capuches et poussèrent des cris de joie. Puis ils déposèrent Loor à terre et la libérèrent des cordes qui l'entravaient.

Son instinct lui disait de s'échapper, mais après être restée attachée à un bâton pendant tout ce temps, sans manger, elle pouvait à peine tenir debout. Ses pieds étaient gourds, ses muscles en coton, et elle se sentait étourdie, comme si ses méninges tournaient au ralenti.

Les hommes s'assirent en cercle autour d'elle pour se restaurer. Cela lui faisait mal de l'admettre, mais elle n'avait jamais senti une odeur aussi alléchante. Il y avait de la viande et du poisson séché, des fruits secs et des légumes en conserve.

Loor se demanda s'il ne valait pas mieux refuser les plats, ne serait-ce que par mépris. Mais elle comprit qu'il lui fallait reprendre des forces si elle voulait leur échapper. Elle mangea donc lentement, résistant à l'envie de dévorer tout ce qu'on lui donnait.

Lorsqu'ils eurent terminé, le borgne posa sa main sur son cœur – le salut standard du peuple du désert – et dit :

– Je m'appelle Heshar. Je suis fier de te connaître.

Loor le toisa d'un regard furieux.

– Loor, reprit-elle en tapotant sa propre poitrine. Un jour, je serai fière de te tuer.

Heshar sourit comme si elle venait de lui faire un compliment.

– Viens. Je vais te présenter au roi.

Alors qu'elle se levait, une ombre glissa devant elle, lui faisant lever les yeux. Au-dessus d'elle, porté par la brise, le hindor décrivait des cercles paresseux.

Incroyable. Il l'avait suivi jusqu'ici !

« La chance est toujours avec moi, se dit-elle. Je peux peut-être encore accomplir ma mission. »

***

À Xhaxhu, les gens importants habitaient de grands bâtiments de pierre qui respiraient le pouvoir et l'autorité. Mais le roi de Zafir vivait de la même façon que son peuple. Sa tente était un peu plus grande et arborait une banderole rouge vif accrochée à une hampe centrale. Sinon, la seule chose qui la distinguait des autres était les gardes au visage de marbre qui se tenaient devant l'entrée, à scruter inlassablement l'horizon.

En les voyant, ils posèrent leur main sur leur cœur d'un air solennel pour saluer Heshar. Apparemment, il était respecté par les siens.

– C'est elle? demanda un homme aux cheveux blancs arborant une grande moustache.

Heshar acquiesça. Les gardes l'examinèrent sans chercher à cacher leur intérêt. Toutes les femmes du camp portaient des robes les dissimulant de la tête aux pieds. En comparaison, Loor était presque nue. Mais elle avait l'impression qu'ils la regardaient plus comme une pièce de bétail que comme un être humain.

L'homme aux cheveux blancs acquiesça:

– Tu as bien agi.

Puis il claqua des doigts en direction d'un des gardes, qui disparut sous la tente. Il finit par revenir en portant une robe de soie repliée avec soin. Loor put sentir le parfum dont l'étoffe était imprégnée.

– Couvre-toi, dit l'homme aux cheveux blancs.

Loor jeta la robe à terre.

– Je suis une Batu. Les vêtements trop lourds vous ralentissent et vous rendent maladroits au combat.

L'homme aux cheveux blancs la regarda en silence.

– Comme tu voudras, dit-il.

Puis il tira le rabat de la tente et lui fit signe d'entrer.

Loor fut surprise de voir qu'on ne lui avait pas retiré son poignard, qu'elle portait toujours attaché à sa ceinture. Un garde Batu n'aurait jamais laissé un étranger en armes s'approcher d'un de leurs chefs.

Elle entra, Heshar à sa suite.

La tente était éclairée, le soleil s'infiltrant par des ouvertures dans le toit. Trois musiciens se tenaient près de la porte et jouaient d'instruments à cordes. Un lourd brouillard de fumée emplissait la salle.

Tout au bout de la tente, un homme vêtu d'une robe d'un blanc immaculé était assis. À ses côtés, une autre dizaine de soldats portaient de courtes lances sur leurs genoux.

– Veuillez vous asseoir, dit-il.

Elle s'avança, jusqu'à se tenir à quelques mètres de l'inconnu. Était-ce le roi ? Elle n'aurait su le dire. Il était mince avec un visage agréable et des yeux d'un noir brillant. D'après ses estimations, il devait avoir cinq ans de plus qu'elle – vingt ans, peut-être. Il ne portait ni couronne ni bijoux, ni épée ouvragée. Bref, pas le moindre ornement.

– Je resterai debout, déclara-t-elle.

L'homme haussa les épaules.

– Comment t'appelles-tu ?

– Loor.

– Et moi Allon. C'est un privilège pour moi de régner sur les Zafir.

Loor croisa les bras sans rien dire.

– T'a-t-on maltraitée ? demanda Allon.

– Est-ce qu'on m'a enlevée et traînée jusqu'ici contre mon gré ? Oui. Mais on ne m'a pas violentée.

Le roi éclata de rire.

– Oh, Heshar, Heshar, dit-il au borgne. Tu as bien travaillé. (Il se tourna vers ceux qui l'entouraient.) Regardez-la ! N'est-elle pas magnifique ? Quelle volonté ! Quelle force intérieure !

Les soldats acquiescèrent sèchement. Tous semblaient détendus et plein de morgue.

Loor choisit ce moment pour tirer son poignard et se jeter sur le roi. Mais avant qu'elle n'ait pu l'atteindre, ses hommes se levèrent tout en s'emparant de leurs lances. Ils étaient incroyablement rapides.

L'un d'entre eux la prit par la taille et la plaqua au sol. Il faillit lui décocher un coup de poing en pleine figure, mais le roi dit :

– Non, non !

Sa voix était douce mais autoritaire. Loor devait bien admettre qu'il l'impressionnait.

L'homme qui l'avait plaquée au sol leva la main et se dégagea.

– Je présume, reprit le roi Allon, que mon ami Heshar t'a dit pourquoi tu es ici ?

Elle éclata de rire.

– Plutôt mourir que me soumettre !

Le roi leva un sourcil.

– Tu aurais pu te jeter sur leurs lances, et pourtant, tu ne l'as pas fait.

Loor grinça des dents. Il n'avait pas tort. Et elle avait pour règle de se méfier des gens intelligents.

– Ce n'était pas le bon moment, répondit-elle.

– Hmmm… fit le roi, peu convaincu. Chez les miens, une mort inutile n'est pas considérée comme honorable. S'il faut sacrifier sa propre vie, ce doit être pour un but précis.

Loor ne répondit pas. Lorsqu'on abordait ce genre de sujets, on pouvait y passer la journée sans arriver à une conclusion. Ce n'était qu'au combat que tout pouvait se résoudre.

– Viens, dit le roi en se levant. Joins-toi à moi.

Il se dirigea vers la porte. Comme elle n'avait rien de mieux à faire, Loor le suivit. De toute évidence, ce n'était pas le moment de l'attaquer. Elle attendrait le bon moment pour frapper.

Comme tous les Zafir qu'elle avait vus jusque-là, le roi se déplaçait d'un pas lent et gracieux, dépensant le moins d'énergie. Ce n'était pas comme à Xhaxhu, où tous étaient censés se mouvoir rapidement à tout instant. Pour les Batu, prendre son temps était un signe de faiblesse.

Alors que le roi passait devant ses sujets, ceux-ci posèrent leur main sur leur cœur. Mais il n'y eut pas de révérence, pas de signe de soumission. Et le roi leur retourna leur salut comme s'ils étaient ses amis.

Ils ne tardèrent pas à atteindre les contreforts de la cité de toile. C'est alors que le roi se retourna vers ses gardes et leur dit :

– Laissez-nous.

Ils acquiescèrent. Le roi Allon continua son chemin pour se diriger tout droit vers le bord du lac.

– Tu dois être très sûr de tes dons de combattant, remarqua-t-elle.

– Pardon ?

– Eh bien, je suis une des guerrières les plus dangereuses de tout Xhaxhu. Si tu crois pouvoir me battre en duel…

Elle haussa les épaules.

– À long terme, répondit le roi avec un sourire, je ne peux me permettre d'avoir peur de ma reine. À un moment ou à un autre, je devrai te faire confiance.

Loor n'en revenait pas. Était-ce un piège ? Il cachait peut-être une arme sous sa robe.

– Alors tu es un idiot, rétorqua Loor.

– Mmm... (Après un silence, il reprit :) Depuis des milliers de générations, chaque année, mon peuple vient s'installer sur les bords de ce lac pour engraisser nos moutons. Durant le printemps, l'automne et l'hiver, nous sommes éparpillés d'un bout à l'autre du désert. Le reste de l'année, les différentes tribus qui composent ma nation ne cessent de se faire la guerre. Elles se lancent dans des conflits qui s'étendent sur des générations. Mais ce lieu ? On l'appelle le « Lac de la Paix ». Pendant les trois mois que nous passons sur ses rives, il n'y a ni querelles, ni combats, personne n'élève seulement la voix. Quiconque viole cette loi, quelles qu'en puissent être les raisons, est aussitôt mis à mort.

– Pourquoi ? demanda Loor.

– Pour ça.

Le roi s'arrêta et fit un geste ample de la main, embrassant l'immense lac d'un bleu si limpide qu'il semblait surnaturel. De sa vie, elle n'avait jamais vu autant d'eau. À son grand étonnement, elle constata qu'elle pouvait en sentir l'odeur.

– Si notre peuple doit survivre à la saison chaude, reprit Allon, il nous faut engraisser nos moutons. Ils sont essentiels à notre mode de vie. Nous mangeons leur chair et tissons nos vêtements et nos tentes avec leur laine. Ce lieu est notre source. Si on laisse la guerre, la haine, la vengeance et la peur se répandre dans cette vallée, nous en souffrirons tous. Nous mourrons de faim et notre peuple disparaîtra à tout jamais. C'est pourquoi ce lac est, et doit rester, un havre de paix.

– Nous avons un arrangement qui y ressemble, dit Loor. Les Batu et les Rokador ne s'apprécient guère, mais ces derniers nous fournissent en eau. En échange, nous leur offrons nourriture et protection.

Le roi étudia ses terres et remarqua le hindor voletant dans le lointain.

– C'est un bon présage, dit-il. Pour notre peuple, le hindor est considéré comme le roi des oiseaux.

– Oui, reprit-elle, nous aussi admirons sa puissance et sa férocité.

– Nos raisons sont différentes. Si nous vénérons le hindor, c'est parce qu'il est capable de flairer l'humidité à des kilomètres. Suis son vol et, tôt ou tard, tu tomberas sur de l'eau.

– Celui-ci m'a accompagnée jusqu'ici.

Le roi Allon haussa les sourcils.

– À travers le désert?

Elle acquiesça.

– Stupéfiant ! (Il sourit.) Tu nous apportes de bons présages.

Loor ne répondit pas. Le roi ramassa une pierre et la lança à plat vers le lac. Elle ricocha sept ou huit fois sur sa surface.

– Essaie, dit-il.

Elle ramassa à son tour une pierre et la lança… mais elle coula aussitôt.

– Non ! reprit le roi. Comme ça.

Il lui montra comment faire. Cette fois, le caillou fit deux ricochets avant de sombrer.

– Tu vois ! s'écria-t-il, heureux comme un enfant. Lorsqu'on venait ici en été, c'est ce qui me plaisait le plus. J'y amenais le troupeau de mon père et je passais des heures à lancer des pierres !

Il en jeta une autre, puis claqua des mains.

– Rien que six cette fois-ci.

– Je vais te battre, affirma-t-elle.

Elle ramassa une pierre et la balança de toutes ses forces. Elle obtint deux ricochets et un grand bruit d'eau. Le roi rit à nouveau :

– Pas si fort !

Il chercha jusqu'à ce qu'il trouve une pierre qui lui convienne. Cette fois, il obtint plus de ricochets qu'elle n'en put compter, et éclata de rire.

Loor tenta d'imaginer le vieux roi Khalek a Zinj faisant une chose pareille. En vain. C'était impensable. Il tenait trop à sa dignité.

Elle chercha une pierre plate comme celle dont il s'était servi et imita sa façon de la jeter à plat. Cette fois, le galet parut danser sur les flots. Elle n'obtint que quatre ricochets, mais tout de même.

– Oui ! s'écria-t-elle en levant le poing d'un air triomphant.

– Bien ! Bien ! répondit le roi.

Puis il passa son bras autour de ses épaules et la serra contre son cœur. Un geste simple et sincère – presque fraternel – pour la féliciter de sa réussite. Elle put sentir ses muscles sous sa robe. Il était plus fort qu'il en avait l'air.

Loor sentit une étrange chaleur monter en elle. Elle mit un certain temps à comprendre. Ce type lui plaisait bien. Il lui plaisait même *beaucoup*.

Une pensée terrible lui traversa l'esprit. Elle n'avait aucun moyen de retraverser le désert en sens inverse. Ici, elle n'avait pas d'amis. Et cet homme, qu'elle commençait à apprécier, voulait qu'elle s'y installe définitivement. Une idée effrayante – même si ce n'était encore qu'une idée – traversa son esprit. « Et si je renonçais ? Et si je restais ? »

Toute sa vie n'avait été qu'un long combat. S'entraîner, lutter, travailler – une existence vouée à la douleur et au sacrifice.

Tout le long des rives de ce grand lac, elle vit des troupeaux de moutons. Des bergers étaient disséminés çà et là, certains seuls, d'autres par petits groupes, à rire et plaisanter entre eux. De petits ruisseaux babillaient, alimentant le lac.

Dans la mythologie Batu, il y avait un paradis d'où était issue l'espèce humaine. Dans l'esprit de Loor, il ressemblait fort à cet endroit.

Le roi Allon se tenait à ses côtés, un bras autour de ses épaules. Loor se figea. « Non, mais qu'est-ce qui me prend ? »

L'instant suivant, son couteau glissait dans sa main.

Le jeune roi se tordit – mais pas avant que la lame n'ait pénétré les plis de sa robe. Puis ses doigts puissants se refermèrent sur son poignet, l'empêchant de bouger.

– Ce n'est pas parce que je jette des pierres dans un lac que je suis un idiot, dit-il doucement.

Puis un autre de ses sourires radieux illumina son visage. Il tira la lame toujours plantée dans sa robe. D'un tour de main, il fit naître une terrible douleur dans le poignet de Loor. Le couteau tomba alors, et d'un coup de pied, il l'envoya dans le lac.

Loor sentit un torrent de honte l'envahir. Le roi avait paré son coup sans le moindre effort. Elle n'avait atteint que du tissu. Elle n'était même pas sûre d'avoir visé juste. Loor n'avait pas l'habitude de se sentir sans défense, mais à ce moment précis, elle l'était.

– Je ne peux être ton amie, dit-elle. Ni ton épouse. Je ne suis pas de ton peuple.

Le roi agita sa main comme si rien de tout ça n'avait d'importance.

– Nous avons un dicton. « Dans le désert, on a tout le temps du monde. »

– Ce qui signifie ?

– Les circonstances sont en train de changer. Ce qui semble bien aujourd'hui peut être mal demain. (Il regarda le soleil, qui commençait à décliner à l'horizon.) As-tu faim, Loor ?

– Je présume que oui.

– Alors allons dîner.

Ils partirent en silence vers l'étendard rouge couronnant sa tente.

– Où va toute cette eau ? demanda-t-elle alors qu'ils s'approchaient du village de tentes multicolores.

– Celle du lac, tu veux dire ?

Elle désigna ses pourtours.

– Je vois les ruisseaux qui l'amènent, mais rien qui en repart.

– On dit que jadis, il alimentait une rivière, mais un jour, elle a cessé de couler, comme ça. (Il claqua des doigts, puis haussa les épaules.) Le monde est riche en mystères.

Ils continuèrent leur chemin en silence.

Lorsqu'ils finirent par atteindre la tente du monarque, celui-ci s'arrêta et se tourna vers elle :

– Nous sommes des hommes libres. Je ne veux pas te retenir contre ta volonté.

– En ce cas, répondit-elle, je pars immédiatement.

– Mais je ne te donnerai pas non plus d'escorte pour te ramener chez toi.

Il désigna les montagnes dont les sommets s'embrasaient sous les feux du soleil couchant.

– Ces pics s'élèvent sur plusieurs milliers de mètres. Au nord et au sud, on trouve des plateaux où il n'y a ni arbres, ni plantes. À l'est, entre ici et Xhaxhu, il n'y a qu'un désert de sable. Il n'y a pas d'autres cartes que celles gravées dans nos esprits. (Il se tapota le front.) Si tu t'en vas d'ici, tu mourras. (Il lui caressa la joue.) Et je serai désolé pour toi.

Les gardes du roi le virent arriver et vinrent à sa rencontre.

– Votre Majesté ! dit l'un d'entre eux en désignant l'estomac du roi.

Allon baissa les yeux et vit la tache rouge qui s'élargissait sur sa robe.

– Ce n'est rien, répondit-il. Demandez à mon cuisinier de servir le dîner. Loor et moi serons au bord du lac.

CHAPITRE 5

Pourtant, ce n'était pas rien. À la fin du dîner, la tache rouge s'était étendue jusqu'à détremper ses genoux. Le jeune roi était blême et ses traits tirés. Tout ce sang semblait inquiéter ses hommes, mais ils gardèrent le silence. Loor avait finalement bien visé. Mais cet homme, cet homme bon, avait une volonté de fer et un corps résistant.

Le roi Allon continua de s'entretenir avec elle comme si de rien n'était. Sa conversation était enjouée et intéressante – dure et réaliste, et pourtant sage et généreuse. Soudain, elle comprit : aussi étrange que cela puisse paraître, les garçons Batu l'ennuyaient. Ils lui semblaient si prévisibles, si bruyants, si assommants. Ils ne cessaient de se vanter, de dire à quel point ils étaient les meilleurs, les plus forts et les plus intrépides. Mais Allon n'avait même pas parlé de lui

– Écoute, finit-elle par dire en désignant la tache de sang, il faut que tu soignes cette blessure. Sinon, tu vas mourir.

– N'est-ce pas ce que tu veux ?

Loor ne répondit pas.

Le roi Allon eut un de ses sourires mystérieux.

– En ce cas, si tu es rassasiée, je vais aller prendre un peu de repos.

***

Ce soir-là, Loor se retrouva seule sous la tente. Un vulgaire matelas de laine était installé en son centre pour qu'elle puisse y dormir. À côté, il y avait une robe de laine, aussi blanche et pure que celle du roi.

Après le coucher du soleil, Loor se coucha et fixa le toit de la tente. Elle pouvait sentir la robe qui gisait près d'elle. L'air s'était rafraîchi. Elle n'avait rien pour s'habiller, sinon sa tenue de combat de Batu.

« Et si je la mettais ? » se dit-elle.

Loor n'arrivait pas à trouver le sommeil. Elle ne cessait de revoir le roi assis en face d'elle, à discuter tranquillement alors que son sang s'écoulait lentement sur le sol.

« N'attaque jamais en premier. » N'était-ce pas ce qu'avait dit le fils du borgne ? Or elle avait réagi avant d'avoir correctement évalué la situation. Et maintenant, elle le regrettait.

Tout en regardant le vide, Loor sentit ses yeux piquer. Elle avait échoué dans sa mission, échoué à tuer son geôlier, échoué en tout. Pourquoi le Conseil n'avait-il pas choisi quelqu'un d'autre ? « Je suis trop jeune, se dit-elle. Oui, ils auraient dû prendre quelqu'un de plus expérimenté. »

Puis, en une illumination, elle sut ce qu'elle devait faire. Il était temps de cesser de s'apitoyer sur elle-même. Elle se leva et enfila la robe, laissant le tissu couvrir sa peau nue. Drôle de sensation. Elle n'avait pas l'habitude de porter ce genre de tenue.

Elle rassembla ses affaires, sortit de la tente et continua au milieu du village de toile. Un chien aboya, puis se tut. Elle se dirigea vers le lac. Un mince croissant de lune faisait luire sa surface noire et paisible. Aujourd'hui, il lui avait semblé magnifique. Ce soir, il était terrifiant, comme une sombre puissance capable de l'aspirer et de l'anéantir.

Loor s'en approcha d'un pas hésitant. Puis elle s'agenouilla et baissa les yeux. Elle pouvait distinguer le reflet de son visage sur les flots. Seuls les yeux étaient visibles.

Finalement, elle se pencha et but, but jusqu'à ce que son estomac se mette à gonfler. Puis elle se redressa et s'engagea dans l'eau.

Elle était si froide qu'elle lui arracha un hoquet. Loor n'avait encore jamais nagé dans une telle étendue. On disait que les Rokador disposaient de mares assez grandes pour qu'ils puissent y faire de la natation. Mais pour les Batu, l'eau était trop précieuse pour qu'ils la gaspillent ainsi.

Un étau d'épouvante se resserra sur sa poitrine. Mais elle se força à continuer. Elle sentit les cailloux glisser sous ses pieds. Elle s'avança, de plus en plus loin, le cœur battant la chamade tandis que les flots noirs se refermaient sur elle. À chaque pas, sa terreur ne cessait de croître. L'autre jour, lorsqu'elle luttait pour sa vie, elle n'avait pas eu peur. Mais là, elle était épouvantée.

Elle avait de l'eau jusqu'au cou. Encore quelques pas et elle disparaîtrait sous la surface – et se noierait.

Elle inspira profondément. Et attendit.

– Dans le désert, le temps n'est rien, dit-elle à haute voix. Dans le désert, le temps n'est rien. Dans le désert, le temps n'est rien.

C'est alors qu'une sensation bizarre s'empara d'elle, comme si quelque chose s'infiltrait sous sa robe.

Elle sourit. Oui ! Ça marchait !

Chaque robe de Zafir comprenait des petits réservoirs d'une substance qui absorbait l'eau. Toute humidité qui entrait en contact avec le tissu était filtrée et aspirée dans ces éponges, où elle était stockée jusqu'à ce qu'on les ouvre pour boire.

C'était ce dispositif ingénieux qui permettait aux Zafir de se déplacer dans le désert pendant des jours sans mourir de soif.

Loor sortit lentement du lac, la robe remplie d'eau et extrêmement lourde. « Je comprends pourquoi les Zafir marchent si lentement, se dit-elle. On dirait du plomb ! »

**

Une heure plus tard, elle atteignait les dunes silencieuses et partait à l'assaut du désert.

CHAPITRE 6

Loor n'était pas du genre à se remettre en question, mais maintenant qu'elle était en plein désert, elle comprit qu'elle avait agi sans réfléchir. Xhaxhu se trouvait à l'est des monts Elzehe'er. Mais crapahuter sous le soleil levant ne suffirait pas à lui faire franchir des centaines de kilomètres de sable. Il n'y avait pas le moindre écriteau, pas de routes – rien qui puisse lui permettre de s'orienter. Comparée à l'immensité du désert, la grande cité de Xhaxhu n'était qu'un minuscule point sur une carte. Si jamais elle la manquait, elle pourrait se perdre dans les dunes qui s'étendaient à l'ouest de la ville.

De plus, avec toutes ses poches d'eau, sa robe était lourde et chaude. Même si elle savait qu'elle l'aidait à conserver son humidité et protégeait sa peau du soleil, elle la ralentissait. Elle aurait progressé bien plus vite sans ce poids mort.

Le premier jour, lorsque vint midi, elle se sentit prise de vertige. Sous la laine, la chaleur montait impitoyablement.

Loor était forte et robuste. Des années d'exercices avaient endurci son corps et son esprit. Mais une des choses qu'on lui avait également inculquées, c'était que

tout le monde avait ses limites. Et lorsqu'on les atteignait, la mécanique tombait en panne. Or son corps se
ressentait de ces trois journées dans le désert : il avait
perdu des fluides et des sels minéraux que ces vingt-
quatre heures où elle avait pu manger et boire tout son
saoul n'avaient pas entièrement compensés.

Ce n'était pas son physique qui s'en ressentait le
plus. Avec l'eau et la petite quantité de nourriture
qu'elle avait emportées, elle pouvait tenir un certain
temps. Mais elle craignait de ne plus avoir de force.

Elle fixa des points dans le lointain et tituba dans leur
direction sans réfléchir. Bientôt, elle s'aperçut qu'elle
marchait depuis des heures sans penser à rien. Dans la
mauvaise direction. Elle regarda en arrière et vit ses
propres pas dans le sable. Elle avait parcouru plusieurs
kilomètres vers le nord au lieu de continuer vers l'est.
Elle ne s'en était même pas rendu compte !

« Concentre-toi ! » se dit-elle. Pourtant, son esprit
était comme engourdi.

Elle commença à voir des mirages. Des silhouettes à
l'horizon. Des arbres. Une oasis. Qui n'était que le fruit
de son imagination. Comme elle n'avait rien d'autre à
regarder que le sable et le ciel vide, son esprit ajoutait
des détails qui n'existaient pas.

En plus, ce n'était que le premier jour ! Qu'en serait-
il le troisième ou le quatrième jour, lorsque l'eau
viendrait à manquer ?

Elle ne pouvait rien faire. Uniquement continuer son
chemin en espérant que tout se passe bien.

Quelques heures plus tard, le soleil fut si haut dans le
ciel qu'il ne l'aidait même plus à différencier l'est de
l'ouest. Elle décida de s'arrêter pour manger et se reposer.

Elle tira le tube du cou de sa robe et aspira. À sa grande surprise, elle n'obtint pas une goutte d'eau. Comme elle savait que les réservoirs pouvaient en contenir suffisamment pour survivre plusieurs jours, elle en conclut qu'il devait y avoir un problème avec le tube. Elle regarda pour voir s'il y avait une fuite quelque part, en vain. Elle s'assit sur le sable brûlant et pressa la robe, ce qui força l'humidité à monter dans le tube. Elle but avidement. L'eau était chaude, mais pure. Elle eut un soupir de contentement, puis mâchonna la viande d'agneau séchée qu'elle avait emportée.

Soudain, la fatigue l'assomma. Loor savait qu'il était aussi important de préserver ses forces que son eau. Elle en conclut qu'une sieste lui ferait du bien. Elle replia sa capuche pour en faire un oreiller, se roula en boule et s'endormit aussitôt.

***

Lorsqu'elle se réveilla, Loor se sentait bien mieux. Néanmoins, en regardant le soleil se coucher à l'horizon, elle regretta d'avoir dormi si longtemps.

Elle s'étira et soupira. Elle se sentait même *beaucoup* mieux ! Reposée et en pleine forme. Elle se leva. C'était peut-être un effet de son imagination, mais sa robe lui semblait moins lourde.

Soudain, une drôle de sensation s'empara d'elle – comme si elle n'était pas seule. Elle se retourna, prête au combat. Puis elle éclata de rire.

C'était le hindor. Ce gros oiseau noir était perché au sommet de la dune sur laquelle elle se trouvait et la regardait de ses grands yeux jaunes.

– Salut, l'oiseau ! lança-t-elle. Tu vas me porter chance ?

L'animal se contenta de la dévisager.

Loor n'était pas du genre à parler aux oiseaux. Mais dans ce désert ? Quelle importance ?

– Tu vas me ramener chez moi ?

Le hindor la fixa encore un moment, puis s'envola et disparut au-dessus des dunes. Elle aurait préféré qu'il reste. Soudain, il se mit à décrire un grand cercle en revenant vers elle, passa au-dessus de sa tête et repartit vers l'est.

Elle décida de le suivre.

Les hindor étaient capables de trouver des points d'eau – n'était-ce pas ce que le roi Allon avait dit ? Si les hommes du désert le croyaient, c'était sûrement vrai. Et comme la seule réserve d'eau des terres de l'est se trouvait à Xhaxhu... Eh bien, le hindor devait s'y rendre.

Tandis qu'il disparaissait à l'horizon, elle se mit à marcher. Ses jambes lui semblaient plus fortes, elle se sentait légère. Son moral remonta en flèche.

Même si la hache n'était pas en sa possession, elle savait où la trouver. Une fois de retour à Xhaxhu, elle pourrait mettre sur pied une expédition pour aller la récupérer.

Tout en marchant d'un pas vif, elle ne quittait pas des yeux le hindor qui planait à basse altitude. Au bout de quelques minutes, elle tira le tuyau de caoutchouc de sa robe et but une autre gorgée. Une fois de plus, elle n'obtint qu'un gargouillis. Elle tenta à nouveau d'appuyer sur la robe pour en presser quelques gouttes d'eau, en vain.

C'est alors qu'elle eut une sensation étrange. Un picotement sur sa jambe, comme si une fourmi rampait sur sa peau.

Sauf qu'il n'y avait pas de fourmis dans le désert. Elle baissa les yeux avec curiosité. Ce n'était pas un insecte, mais un filet d'humidité qui s'écoulait le long de sa jambe. De la sueur ? Peut-être.

Elle remarqua quelque chose dans le sable. Une petite tache à côté de son pied. Une goutte d'eau. Elle tourna la tête. Les taches formaient une ligne parallèle à ses pas.

Sa réserve avait une fuite ! Cela faisait douze heures qu'elle se vidait, goutte après goutte. Maintenant, elle comprenait pourquoi elle se sentait si légère : pendant qu'elle dormait, toute l'eau de robe s'était répandue dans le sable !

Le roi Allon savait-il qu'elle était trouée ? Ou peut-être l'avait-elle trouée en dormant. Impossible de le deviner.

Mais cela n'avait aucune importance. Ce qui comptait, c'était qu'elle était presque à court d'eau.

Elle se retourna vers les montagnes. Il lui restait encore une heure avant le coucher du soleil. Après, elle n'aurait pas à s'inquiéter pour sa réserve d'eau. De nuit, elle pourrait marcher sans boire. Mais lorsque le soleil se lèverait à nouveau, elle se déshydraterait. Elle disposerait de quelques heures tout au plus avant que la machine bien huilée qu'était son corps ne la lâche. Plus rien n'aurait d'importance.

Elle devait prendre une décision. Si elle tournait les talons et repartait droit vers la montagne, il était possible qu'elle trouve la vallée du roi Allon. En ce cas, elle survivrait. En tant qu'esclave de ce roi barbare, mais elle survivrait.

Ou alors, elle pouvait continuer son chemin. Et probablement mourir dans ce désert.

Elle n'avait pas une minute à perdre. Elle devait se décider.

Elle inspira profondément. L'année précédente, elle avait participé au Pizon, la grande course à pied qui se tenait tous les trois ans à Xhaxhu, où les grands guerriers venaient exhiber leur endurance. Elle était arrivée en quatrième position, ce qui était plus qu'honorable pour une fille de son âge. Soixante-dix kilomètres en huit heures. Pourrait-elle rééditer son exploit pour regagner Xhaxhu?

Peut-être.

Bien sûr, durant le Pizon, il y avait des pauses pour le ravitaillement. Combien d'eau avait-elle bu tout au long de la course? Des litres, probablement.

Elle n'avait pas vraiment le choix. Pas pour une guerrière Ghee, en tout cas. L'esclavage ou la mort? C'était tout vu.

Elle passa dix minutes à extraire de sa robe ses dernières gouttes d'eau. Elle s'étonna de voir qu'il en restait encore une bonne quantité.

À l'est, le hindor décrivait des cercles paresseux. Comme s'il l'attendait.

– J'arrive! cria-t-elle.

Elle laissa tomber la robe vide sur le sable. Et se mit à courir.

CHAPITRE 7

La lune se leva assez tôt, patinant les dunes d'une lueur argentée. Sa lumière n'était pas très forte, mais suffisante.

Loor filait sans s'arrêter. Durant le Pizon, elle courait sur une surface plate et portait des chaussures adaptées. Mais là, elle cheminait sur du sable. Chaque pas était plus éprouvant que le précédent. Escalader la dune lui demanda un effort surhumain. Lorsqu'ensuite, elle dévala la pente de l'autre côté, elle dut faire attention à ne pas tomber.

Au-dessus de sa tête, les étoiles brillaient si fort qu'elle pouvait distinguer la forme du hindor qui les cachait au cours de son lent voyage.

Bien vite, le monde de Loor se réduisit à quelques éléments – la silhouette de l'oiseau, le sable parsemé de poussière d'étoiles argentées, et la douleur. La douleur dans ses muscles, ses poumons, ses pieds confinés.

Elle continua pourtant son chemin.

Elle finit par avoir soif. Même dans la fraîcheur de la nuit, courir pendant des heures l'avait déshydratée.

La soif oblitéra toutes ses autres douleurs. Elle se força malgré tout à continuer.

« Suis le hindor, se répétait-elle. Suis le hindor. Suis le hindor. »

Cette litanie se mêla au bruit de ses pieds sur le sable, à ses inspirations régulières, aux battements de son cœur.

Lentement, pas à pas, ses forces commencèrent à refluer.

Pourtant, tandis que son corps la lâchait peu à peu, elle sentit une joie étrange monter en elle. C'était comme si elle était séparée de son enveloppe charnelle. Une partie de son esprit s'était détachée de la douleur et de l'épuisement pour flotter au-dessus de sa tête, aussi légère que le hindor.

C'était une bonne façon de mourir, se dit-elle. Poussée jusqu'au bout de la douleur, de la peur et de la faiblesse. Personne ne pourrait dire qu'elle avait échoué ! Elle avait fait tout son possible.

Alors que le soleil commençait à rosir, elle ralentit son allure. Ce n'était pas un choix délibéré : elle n'avait plus la force de courir. Sa langue était collée à son palais. Ses jambes étaient à vif. Ses pieds, juste une masse de cloques.

Le soleil se leva. Le hindor continuait de voler vers l'est. Elle titubait derrière lui.

Xhaxhu n'était toujours pas en vue. Il n'y avait ni puits asséché, ni arbre abattu. Rien que du sable.

Soudain, le hindor se mit à dériver lentement vers le sol. Elle crut d'abord que c'était son imagination, mais l'oiseau descendait bel et bien. Il finit par se poser.

La vision de Loor était brouillée. On aurait dit qu'il s'était perché sur une pierre qui dépassait du sable. Elle semblait bien éloignée.

Elle trébucha et tomba.

« Je devrais peut-être rester allongée là, se dit-elle. Et me reposer. »

Le hindor était immobile sur son perchoir. Comme s'il l'attendait.

Loor le dévisagea. Il lui rendit son regard. C'est alors qu'elle comprit. Les hindor étaient des charognards qui se nourrissaient de carcasses mortes.

Elle se mit à rire.

De l'eau ? Ce n'était pas ce qu'il cherchait ! Il attendait qu'elle meure. Il l'avait pressenti depuis longtemps : une créature, une humaine n'avait pas sa place dans le désert. Elle était condamnée dès le début.

Loor s'assit. Son gosier était si sec que même rire lui faisait mal. Et dire que pendant tout ce temps, elle avait cru que ce grand oiseau noir lui porterait bonheur. Comme elle se trompait !

Elle se força à se relever.

– Tu n'auras pas mes os.

Ce qu'elle voulait faire résonner comme un cri de guerre sortit sous la forme d'un croassement pathétique.

Elle retomba à terre et se mit à ramper vers l'oiseau. Décidée à l'étrangler, ou à lui éclater la tête contre ce drôle de rocher sur lequel il s'était posé.

– On mourra ensemble, chuchota-t-elle.

Et elle continua d'avancer, centimètre par centimètre, chacun plus douloureux que le précédent. L'oiseau ne bougeait toujours pas.

Elle pouvait sentir les rayons du soleil la marteler, lui arracher les dernières gouttes d'humidité que contenait sa peau. Il y avait longtemps qu'elle avait cessé de transpirer, ce qui ne pouvait être un bon signe. Mais ça n'avait pas d'importance. Ce maudit oiseau l'accompagnerait dans la mort.

Au moment même où elle atteignit le rocher, le hindor battit des ailes. Une fois. Deux fois. Enfin, il s'éleva paresseusement dans les airs.

Elle appuya son front contre la pierre. Elle était étrangement fraîche. Et elle avait une drôle d'odeur. Qu'était-ce ? C'est alors qu'elle l'identifia. C'était la même qu'au Lac de la Paix. C'était l'odeur de l'eau !

La pierre vibrait légèrement. Elle pouvait même entendre un bruit – un ruissellement de cascade.

Elle fronça les sourcils. Bien sûr, ça ne pouvait être qu'une hallucination. Il n'y avait pas d'eau par ici.

Ce rocher était étrange pourtant. Il ressemblait davantage à du ciment qu'à de la pierre. Elle se releva tant bien que mal et regarda son sommet.

Il décrivait un cercle parfait. Son cœur bondit dans sa poitrine. Ce n'était pas naturel. En fait, cela ressemblait à un objet Rokador.

Elle convoqua ses dernières forces pour soulever le couvercle. Il coulissa, dévoilant un trou. Un trou qui s'enfonçait dans les ténèbres.

Le bruit qui s'en échappait était facile à identifier. C'était le bruissement d'un cours d'eau.

Stupéfaite et à bout de forces, Loor s'affala sur le rebord et tendit la main. L'eau était trop loin.

« Ce serait injuste, pensa-t-elle vaguement, de mourir là, à quelques centimètres d'une source. » Elle se baissa jusqu'à se balancer en équilibre sur le rebord. La tête lui tournait et ses oreilles carillonnaient. Elle avait du mal à se maintenir.

C'est alors qu'elle glissa.

Elle plongea la tête la première dans le noir.

CHAPITRE 8

En général, les populations du désert ne savent pas nager. Loor n'était pas une exception.

Elle tomba la tête la première dans un torrent qui la fit tournoyer comme une poupée et se cogna contre les parois. L'eau s'engouffra dans son nez, ses poumons, son estomac. Avec le peu d'énergie qu'il lui restait, elle pataugea lamentablement, aspirée dans le noir. Elle tenta de retenir sa respiration.

Soudain, alors qu'elle perdait doucement conscience, le courant se ralentit. Elle heurta une surface dure. Elle se redressa et se retrouva sur un sol de pierre plane. Ses orteils et ses doigts trempaient toujours dans le courant. Loor bougea la tête jusqu'à ce que ses lèvres touchent l'eau, puis elle but quelques gorgées. Elle retomba, inerte.

Elle n'aurait su dire combien de temps elle était restée ainsi dans cet endroit sombre. De temps en temps, elle trouvait des forces pour boire encore quelques gorgées. Puis elle perdait à nouveau connaissance.

L'eau finit par la ramener à la vie. Elle tenta de s'asseoir. *Bam!* Sa tête frappa une surface rocheuse. Elle vit trente-six chandelles.

Elle rampa prudemment le long de la pierre plate jusqu'à ce qu'elle se retrouve sur une corniche à quelques pas du courant. Elle avait l'impression d'être dans un vaste tuyau. Certainement l'œuvre des Rokador. Impossible de dire d'où il venait ni où il menait.

Elle continua de ramper sans même voir où elle avançait.

Rapidement, elle vit un petit point lumineux dans le lointain. Peu à peu, il prit la forme d'une arche située tout au bout du tuyau. Après tout le chemin qu'elle avait parcouru, ses genoux étaient écorchés, mais comme elle ne savait pas nager, il n'y avait pas d'autre moyen.

Elle réussit à franchir l'arche de pierre pour se retrouver dans une vaste salle. C'était plus qu'une simple réserve d'eau : c'était un lac souterrain.

La lumière provenait d'une lampe fixée au mur, mais elle n'éclairait que son entourage immédiat. Le reste du lac disparaissait dans des sous-sols lugubres. La grotte était si vaste qu'elle n'en voyait pas la fin.

– Hello ! tenta Loor.

Sa voix n'était guère qu'un faible croassement, mais elle éveilla mille échos dans l'immense caverne. Elle s'éclaircit la gorge :

– Il y a quelqu'un ? reprit-elle avec plus de force.

Pas de réponse.

Au bout du tunnel, la corniche s'élargissait. Elle se leva et s'avança jusqu'à la lampe, sur des jambes mal assurées. Une petite porte était gravée dans la pierre. Elle était flanquée d'un écriteau « Passage interdit ».

Elle essaya de l'ouvrir, mais elle était fermée à clé. Elle martela le panneau de ses poings. Personne ne répondit.

À quelle distance se trouvait-elle de Xhaxhu ? Elle était sûrement à plus de cinquante kilomètres. Même si elle avait su nager, elle était trop faible pour parcourir tout ce chemin. Elle n'avait pas beaucoup de chances de s'en sortir.

C'est alors qu'elle remarqua le bateau.

Elle n'en avait encore jamais vu, mais savait ce que c'était. D'après ses lectures, c'était une coque qui vous permettait de flotter sur l'eau. Celle-ci était une petite embarcation de bois pas plus longue qu'elle-même, amarrée au bout de la corniche. Elle était sale et semblait ne pas avoir été utilisée depuis des années.

Avait-elle vraiment le choix ? Elle sauta dans la barque.

À sa grande surprise, l'embarcation tangua sous son poids, la faisant trébucher. Elle s'abattit au fond de la coque.

Lorsqu'elle réussit à se relever, elle vit que le choc avait défait l'amarre. Le petit bateau dérivait lentement, s'éloignant du bord.

« Comment le dirige-t-on ? se demanda-t-elle. Comment le fait-on aller là où on veut ? »

Elle n'en avait pas la moindre idée. Elle avait lu qu'on se servait de bâtons à l'extrémité plate qu'on plongeait dans l'eau pour pousser le bateau. Mais cette barque en était dépourvue. En fait, elle était entièrement vide.

Loor sentit la peur monter en elle. Chacun de ses gestes faisait tanguer le bateau. Il dérivait dans les ténèbres, se dirigeant vers… quoi ? Elle n'en savait rien. Et si cette coque de noix se renversait, elle coulerait à pic dans les eaux noires.

Elle s'accroupit et tira de sa poche le dernier morceau d'agneau séché, maintenant détrempé. Le simple effort de mâcher la fatigua, mais le goût de la viande raffermit sa volonté. Elle ne tarderait pas à trouver un moyen de diriger ce bateau, et alors…

Elle remarqua que, peu à peu, l'embarcation prenait de la vitesse. Elle était désormais bien loin de la petite lampe. On aurait dit qu'un courant l'entraînait. Puis elle entendit un rugissement dans le lointain.

Elle se blottit au fond du bateau. Que se passait-il ? Quoi qu'il en soit, elle ne pouvait rien y faire.

Soudain, la barque se mit à filer à toute allure. Le rugissement l'entourait de toute part. Elle n'y voyait rien, mais se doutait qu'elle venait d'entrer dans un autre tunnel.

Le courant se fit plus violent et plus rapide encore. Elle se cramponna de toutes ses forces au bateau.

« J'ai horreur de l'eau ! se dit-elle. Je déteste ça ! »

La barque ne cessait de rebondir dans tous les sens. Elle n'avait jamais rien vécu d'aussi effrayant. Elle ne pouvait ni revenir en arrière ni contrôler le bateau, sinon se cramponner en faisant de son mieux pour ne pas hurler.

Cette course folle lui sembla durer des heures.

Soudain, le grondement se fit rugissement, qui ne cessa de s'enfler tandis que le bateau accélérait.

Puis elle sentit tomber.

Lorsque la barque s'abattit, le choc fut si violent qu'elle perdit connaissance.

CHAPITRE 9

– Depuis combien de temps suis-je ici ? demanda Loor en levant les yeux du lit où elle gisait.

Erran, le chef des conseillers, se tenait à son chevet. Osa, la mère de Loor, était assise au pied du lit.

– Quatre jours, répondit Erran. On a bien cru te perdre. Un fermier t'a retrouvée dans un fossé d'irrigation en bordure de la ville. Où étais-tu passée ?

Loor eut un gros soupir.

– J'ai échoué, dit-elle.

Erran et Osa échangèrent un regard. Erran s'assit et posa une main sur son bras.

– Raconte-moi tout.

Lorsqu'elle arriva à la moitié de son récit, Erran l'interrompit :

– Arrête. Je vais t'emmener devant le Conseil. Il faut que tout le monde entende ton histoire.

***

Une heure plus tard, quatre membres éminents des Ghee, les gardes d'élite des Batu, la portaient sur un brancard pour l'amener dans la grande pyramide qui abritait le Conseil. Ils la déposèrent devant ce dernier en silence. Les membres du Conseil ne la quittaient pas des yeux.

Lorsqu'elle atteignit le devant de la salle, on l'assit sur une chaise d'or réservée aux auditeurs de marque. À sa grande consternation, elle vit que le roi Khalek et le prince Pelle se tenaient tous les deux sous un auvent dans la salle. Sur leur gauche, il y avait les autres conseillers, dont Osa. Comme Loor s'en voulait ! On lui avait confié une mission de premier plan, et elle avait échoué. Pourquoi Erran et sa mère tenaient-ils tant à la soumettre à cette humiliation publique ? Elle aurait encore préféré recevoir le fouet. Mais son éducation lui avait appris à ne jamais montrer la moindre faiblesse. Donc, malgré sa fatigue, elle resta droite, le menton dressé et le regard farouche.

Du coin de l'œil, elle vit le roi Khalek hocher la tête en direction du chef des conseillers. Erran s'avança jusqu'à se tenir à ses côtés :

– Mes amis, il y a une semaine de cela, nous avons confié à cette jeune fille, presque une enfant, une mission de la plus haute importance pour notre peuple. (Il se tourna vers elle.) Loor, veux-tu bien faire ton rapport à sa majesté ?

L'interpellée se releva. Elle crut un instant qu'elle allait s'évanouir. Elle chercha à éviter de croiser le regard d'Osa, en vain. Elle s'attendait à n'y voir que du mépris, mais au contraire, les yeux d'Osa étaient calmes et rassurants. Loor se raffermit : pas question de s'effondrer.

Elle inspira profondément et entama son rapport. Lentement au début, puis prenant des forces petit à petit, elle raconta tout ce qui lui était arrivé. Elle ne fit rien pour glorifier ses actes ni justifier ses échecs. Elle se contenta de dire les choses telles qu'elles s'étaient déroulées.

Lorsqu'elle eut terminé, il y eut un silence.

– Je ne peux que m'excuser d'avoir échoué de façon si abjecte, reprit-elle. Quelle que soit la punition que vous me réservez, elle sera amplement méritée. Néanmoins, je sais où se trouve la hache. Après ma lamentable performance, je n'espère pas être mise à la tête de l'expédition chargée de la récupérer, mais si je puis l'accompagner…

Erran l'interrompit d'un geste de la main.

– Tais-toi.

Loor obéit aussitôt. Elle voulait garder la tête baissée tant elle avait honte, mais n'y arrivait pas. Elle fixa le fond de la salle et serra les mâchoires.

– Loor, dit Erran, je t'ai trompée. Ta véritable mission n'était pas de retrouver la hache. On peut toujours en fondre une autre.

Loor cilla sans comprendre. Elle regarda Erran, puis Osa. Cette dernière détourna les yeux, ce qui ne lui ressemblait guère.

– Cela fait des années que les Batu cherchent à obtenir des informations indépendantes concernant l'origine de notre approvisionnement en eau. Bien sûr, nos amis les Rokador nous font des rapports réguliers, mais ils ne nous laissent pas inspecter leurs chantiers. Nous avons envoyé plus d'un guerrier dans le désert, à la recherche de ces réserves d'eau. (Il fit une longue pause.) Et pas un seul d'entre eux n'est revenu vivant.

Loor avala sa salive. Elle ne comprenait pas ce qu'il lui disait.

– Nous avons fini par conclure qu'une telle mission était impossible sans le soutien des tribus du désert. Et pourtant, nous n'avons jamais pu nous assurer de leur aide. Que pouvions-nous faire ?

Tout le monde acquiesça. Loor resta figée comme une statue.

– Ces derniers temps, nous avons eu un coup de chance. Les Ghee ont capturé un pillard issu des tribus du désert, et il nous a dit où trouver la hache durant le premier jour d'Azhra. Comme tu nous l'as dit, il nous a expliqué que leur véritable but n'était pas de voler cette hache, mais d'attirer loin de Xhaxhu une femme hors du commun et de la capturer pour qu'elle devienne la reine des Zafir. Tout le monde dans cette salle était d'accord pour dire que tu étais le meilleur choix.

Loor se sentit prise de vertige. Plus que tout, elle désirait s'asseoir, elle resta néanmoins debout, très raide.

– Mes chers conseillers, reprit Erran, Loor a réussi sa mission au-delà de toutes nos espérances. Malgré le ton apologétique de son rapport stupéfiant, il est clair qu'elle a fait preuve de toutes les qualités dont s'enorgueillit le peuple Batu : la puissance, le courage, la discipline, l'humilité, la ténacité, les talents militaires, l'endurance… (Il secoua la tête d'un air étonné.) Au vu de sa force de caractère et de sa détermination, je suggère que ce Conseil lui accorde l'Ordre du Mérite Suprême et l'élève au second niveau des Ghee.

Loor n'arrivait pas à y croire. Elle qui pensait qu'on allait la punir avec la plus grande sévérité – comme elle l'avait mérité !

– Si cette fille a des défauts, continua Erran, c'est que, comme bien des filles de son âge, elle garde un côté impétueux et impulsif que le temps se chargera certainement d'atténuer.

Il se retourna alors pour saluer le vieux roi. Loor l'imita.

Le roi Khalek se leva lentement de son fauteuil. Le prince Pelle lui tendit un bracelet d'or, qu'il plaça autour du biceps de Loor. Malgré son grand âge, il avait toujours de la force.

Pendant que le roi posait l'Ordre du Mérite Suprême autour de son bras, le Conseil se leva comme un seul homme pour l'applaudir. Cette clameur continua durant plusieurs minutes. Loor, impassible, les yeux baissés, ne chercha pas même à essuyer les larmes chaudes qui s'écoulaient sur ses joues. Lorsqu'elle finit par lever la tête, elle vit une larme strier le visage de sa mère. Loor s'en étonna : elle ne l'avait jamais vu pleurer. Jamais.

– N'attaque jamais la première, lui souffla Erran à l'oreille. N'attaque jamais la première.

Puis il la mena à sa chaise et la fit asseoir.

Loor cligna des yeux, surprise de l'entendre répéter ce que lui avait dit l'homme qu'elle avait affronté en plein désert.

Les applaudissements finirent par retomber. Il y eut un long silence. Puis un des conseillers du fond de la salle se leva et dit :

– D'après toi, Loor, ce soi-disant Lac de la Paix était grand comment ?

Loor secoua la tête :

– Je ne saurais donner ses dimensions exactes, mais je dirais qu'il était aussi vaste que toute la cité de Xhaxhu.

Il y eut quelques inspirations choquées.

– Tu prétends qu'il n'y a pas de rivière par laquelle l'eau pourrait s'écouler?

– Oui, répondit Loor.

– Ne t'es-tu pas dit que, peut-être, il se vidait dans le fleuve souterrain Rokador que tu as trouvé sous le sable?

Loor haussa les épaules:

– Je… je ne sais si je suis compétente pour répondre à cette question.

– Eh bien, s'écria le conseiller, toute cette eau doit bien aller quelque part!

– Je vous en prie, mes amis! s'interposa Erran. Cette pauvre fille est encore faible. Nous l'avons déjà assez épuisée. Nous finirons tôt ou tard par en savoir davantage.

– Cela ne peut attendre! cria un autre conseiller. Les Rokador siphonnent l'eau du désert et la cachent dans un immense lac souterrain pendant que Xhaxhu se flétrit.

– Oui! s'écria un autre conseiller.

– Un instant! s'exclama un représentant des Rokador en sautant sur ses pieds. Vos accusations me déplaisent souverainement. Depuis des générations, notre peuple se sacrifie pour…

Erran leva à nouveau les mains.

– Je vous en prie, mes chers frères et sœurs. Lorsque nous avons envoyé cette jeune femme en mission, notre but n'était pas de semer la discorde entre les Batu et les Rokador, mais d'aider nos amis Rokador à trouver des réserves d'eau alternatives!

– Ne soyez pas si naïf! cria un conseiller Batu. À chaque fois que ce sujet revient sur la table, les Rokador nous font le même discours sur leur sens du sacrifice et leur dur labeur, alors qu'en fait, ils sont confortablement installés dans leurs palaces souterrains d'où ils nous étranglent à petit feu. Si nous...

Pour la première fois, le roi Khalek prit la parole :

– Silence ! ordonna-t-il d'une voix forte et autoritaire. Je ne veux pas entendre un mot de plus.

Erran eut un long soupir.

– Je suis désolé, ma chère, glissa-t-il à l'oreille de Loor. Je ne voulais pas que tu assistes à ce spectacle. Je vais demander aux Ghee de te ramener à l'hôpital.

– Je ne veux pas y retourner...

– Allons ! Regarde-toi ! Tu es à bout. Tu as bien le droit de te reposer.

Il se tourna vers le roi, qui fit un petit geste de la main. Quatre Ghee bondirent et prirent Loor sur leurs épaules. En quelques secondes, ils l'emportèrent.

CHAPITRE 10

Après son retour à l'hôpital, Loor se disputa avec son infirmière, tenta de se relever, puis s'effondra sur son lit. Alors qu'elle gisait entre ses draps, furieuse de sa propre faiblesse, la porte s'ouvrit et laissa entrer Erran.

Le grand conseiller distingué baissa les yeux sur elle :

— L'infirmière m'a dit que tu lui donnes du fil à retordre, dit-il en souriant.

Loor fronça les sourcils.

— Tu as quelque chose à me dire ? reprit Erran.

Loor haussa les épaules.

— Je sais que tu es en colère, continua-t-il. Nous t'avons menti sur les vraies raisons de ta mission dans le désert.

Toute cette histoire la laissait dans un état de confusion absolue, comme si elle portait un bandeau sur les yeux.

— J'ai juste tenté de remplir ma mission. Et j'ai toujours l'impression d'avoir échoué.

— Qu'as-tu appris de cette mission ?

Loor réfléchit au conseil que lui avaient donné Erran et ce guerrier borgne.

— Ne jamais attaquer en premier.

– Ce qui veut dire ?

Elle fronça les sourcils :

– Je suis trop prompte à passer à l'assaut. Je suis entrée dans le canyon sans prendre le temps d'examiner ces monticules de pierres. Si je n'avais pas été si pressée d'en découdre, j'aurais compris que c'était une embuscade.

– Alors pourquoi attaquer en premier joue-t-il contre toi ?

– Si on laisse faire son adversaire, il se dévoile. Il expose sa stratégie.

Erran la regarda longuement. Pour la première fois, elle remarqua qu'il avait des yeux étranges. Tous les Batu avaient les pupilles sombres, mais celles d'Erran semblaient avoir des profondeurs d'un bleu vif.

– Bien, finit-il par dire. (Il se leva, marcha vers la fenêtre et regarda au-dehors.) Bien sûr, tu dois savoir que l'ennemi ne dévoile pas forcément toutes ses cartouches lors du premier assaut. Et s'il emploie une ruse pour cacher sa vraie stratégie ? Et chaque ruse peut en dissimuler une autre.

Loor commençait à s'impatienter. Tout cela était bien trop subtil pour elle. Elle l'interrompit :

– Alors… comment peut-on savoir ce qu'il en est ?

Erran se retourna et s'adossa à l'embrasure de la fenêtre.

– C'est bien ça le problème. Lorsqu'une stratégie est vraiment efficace, *jamais* personne ne le sait. Uniquement lorsqu'il est trop tard.

Loor soupira et posa sa tête sur l'oreiller :

– Tout cela me donne mal au crâne.

Erran éclata de rire :

– Bien !

Loor ne voyait pas ce qu'il y avait de si drôle. Erran était quelqu'un d'important, et il semblait s'intéresser à elle, ce qui était toujours flatteur. Mais elle ne savait pas vraiment ce qu'il avait en tête.

– L'essentiel, c'est qu'au cours de ta mission, tu as pris les bonnes décisions. C'est le signe d'un jugement sain. On peut apprendre à quelqu'un à se battre, ou à faire des additions et des soustractions, ou même à lire. Mais on ne peut enseigner le bon jugement à personne.

– Je me demande... reprit-elle.

– Quoi ?

– Eh bien... à chaque fois que j'ai dû faire un choix... à vrai dire, j'ai juste suivi ce drôle d'oiseau.

Erran écarquilla légèrement les yeux. Il n'avait pas l'air surpris, plutôt intéressé.

– J'ai suivi le hindor, reprit-elle. C'est tout ce que j'ai fait.

Erran leva un sourcil, puis haussa légèrement les épaules en souriant.

– Il t'a ramenée chez toi, non ?

Elle se frotta le visage. Elle avait l'impression qu'il se passait quelque chose, hors de sa portée. Si seulement elle pouvait deviner quoi !

– Oui... mais... un détail me dérange, finit-elle par dire.

En général, Loor n'avait que des certitudes. Mais pas cette fois. Peut-être était-ce un effet de sa faiblesse. Ou bien tout autre chose.

– J'ai l'impression que tout ce que j'ai découvert n'a fait que semer la zizanie entre nous et les Rokador.

Peut-être valait-il mieux continuer d'ignorer les quantités d'eau dont ils disposent.

– L'information, c'est la vérité, affirma Erran. Et tu nous as fait découvrir la vérité.

– Mais êtes-vous sûrs que…

Erran avait retrouvé tout son sérieux.

– Je ne susciterais jamais volontairement la moindre discorde entre notre peuple et les Rokador. Tu dois me croire.

– Bien sûr ! répondit-elle. Je n'irais jamais m'imaginer une chose pareille !

– Les Batu et les Rokador sont comme des frères et sœurs. (Il étendit ses doigts et les croisa.) Nous formons une famille. Tu vois ? On a besoin les uns des autres. Une famille.

***

Le départ d'Erran la laissa songeuse. D'après lui, la meilleure stratégie était celle que personne ne pouvait percer à jour. Erran l'avait déjà trompée une fois. Et si derrière ses beaux discours sur l'amitié entre les Batu et les Rokador, il avait autre chose en tête ?

Loor ne pouvait s'empêcher de penser qu'il se servait d'elle. Mais comment ? Difficile à dire. Un affrontement entre Batu et Rokador ne pouvait certainement rien donner de bon…

Alors qu'elle était allongée sur son lit, à fixer le plafond, un homme en tenue de médecin apparut dans l'entrée. Curieusement, ce n'était pas un Batu à la peau sombre, mais un Rokador pâle. Il avait pourtant quelque chose d'inhabituel. Il était bien plus bronzé que la plupart des Rokador. Comme un homme du désert, à la peau martelée par le soleil.

Cet étrange docteur scrutait le couloir comme pour s'assurer qu'il n'y avait personne.

Loor s'assit, inquiète. Et s'il s'agissait d'un homme des tribus du désert envoyé pour la tuer ? Et si… elle fit glisser ses doigts vers le couteau qu'elle cachait sous son oreiller.

Mais à peine fut-il entré dans la pièce qu'une femme apparut derrière lui. C'était Osa, sa mère.

– Tu as de la visite ! déclara-t-elle.

L'inconnu s'assit à son chevet.

– Bonjour, Loor. On m'a dit que tu as connu une révélation ces derniers jours.

Drôle de façon de décrire le fait d'avoir failli mourir dans le désert.

– Peut-être, acquiesça Loor.

– Alors cramponne-toi, ma fille, reprit le drôle d'homme, parce que ta vie va devenir encore plus étrange.

Cramponne-toi ? Que voulait-il dire par là ?

Osa devait avoir surpris la lueur sceptique qui s'alluma dans l'œil de Loor, car elle dit d'une voix douce :

– Loor, je vais vous laisser tous les deux. Mais tu n'as pas à avoir le moindre doute : aussi bizarre que puisse te sembler ce qu'il va te raconter, c'est la vérité. (Elle se leva.) Maintenant, je m'en vais.

Loor la regarda partir. Elle n'aurait su dire pourquoi, mais elle aurait préféré qu'elle reste.

– Écoute-moi, dit l'homme en se penchant en avant. Écoute-moi bien…

Pendant qu'il lui parlait, une ombre s'abattit sur son épaule. Loor regarda derrière l'homme. Sur la corniche de l'autre côté de la fenêtre, il y avait un énorme oiseau noir. Un hindor.

Vu de loin, ces animaux avaient l'air nobles et impériaux, dérivant lentement sur les courants aériens. Mais maintenant qu'elle avait l'occasion d'en étudier un de près, il avait quelque chose de déplaisant, de sauvage, replié sur lui-même comme un serpent. Peut-être étaient-ce ses yeux. Ils lui rappelaient ceux d'Erran. Au premier coup d'œil, ils semblaient bruns, mais lorsqu'on les regardait de plus près, on distinguait une lueur bleue dans ses profondeurs. Étrange. Un instant, elle se demanda…

Mais bien sûr, c'était ridicule. Un homme ne peut pas se transformer en oiseau !

Loor eut un frisson.

– Je m'excuse, dit-elle. Que disiez-vous ? Vous parliez bien de Voyageurs ?

SIRY REMUDI

CHAPITRE 1

Siry Remudi s'était toujours intéressé aux trésors que les vagues ramenaient sur le rivage. On les appelait « les déchets de la mer ». De curieux objets. Des images inhabituelles. Des fragments qui lui donnaient une idée du monde immense qui s'étendait au-delà de ce petit village confortable où il habitait. Un monde qui lui semblait bien différent.

Ainsi, lorsque la vague vint s'écraser sur la plage et y déposa une sorte de boule qui roula sur elle-même et s'échoua sur le sable, Siry alla aussitôt dans sa direction.

Elle avait la taille d'un homme, mais elle était constituée d'un drôle de matériau ressemblant à des haillons. Comme l'objet se trouvait à plusieurs centaines de mètres de lui, il lui était difficile de dire ce que c'était exactement. Peut-être un amas d'algues entremêlées? Un tronc mangé par la mousse et le varech? Il accéléra le pas, intrigué.

Puis une autre vague s'abattit, charriant une autre masse bizarre. Et une autre. Et encore une autre.

Il n'était plus qu'à une trentaine de mètres lorsque le premier objet remua. Il s'assit. « Ce n'est pas un tronc! se dit Siry. C'est un homme! »

C'est alors qu'il comprit que ces haillons étaient des vêtements. Ce qui signifiait…

Il tourna les talons et se mit à courir.

– Des Utos! hurla-t-il. Des Utos! Nous sommes attaqués!

***

Les Utos furent vite défaits. Ils étaient neuf en tout et se battaient comme des démons. Mais ils n'étaient ni assez nombreux ni assez doués pour les gardes qui étaient descendus du village de Rayne. L'un des Utos se noya, deux tombèrent sous les gourdins des gardes, cinq réussirent à reprendre la mer.

Et l'une d'entre eux fut capturée par les gardes.

Oui, une. Lorsque le combat fut terminé, Siry entrevit la prisonnière. Il s'attendait à voir un homme, mais non. C'était bien une femme. Une jeune fille, même.

Elle s'était débattue comme un animal, piaillant et griffant pendant que les gardes la transportaient vers le village. Elle semblait à peine humaine. Ses vêtements tombaient en lambeaux et sa peau était crasseuse.

Pourtant, elle avait quelque chose d'intrigant. Tandis qu'on l'emmenait, elle passa tout près de Siry. Leurs regards se croisèrent. Ses yeux, écartés au milieu d'un visage triangulaire constellé de taches de rousseur, étaient d'un beau vert brillant. Ses cheveux étaient d'un roux vif; il n'en avait jamais vu de pareils.

– Ahhhh! s'écria-t-elle en lui sautant dessus.

De surprise, Siry fit un pas en arrière. La fille cracha par terre et eut un rire moqueur. Les gardes la soulevèrent du sol.

– On verra si tu t'amuses toujours autant après deux jours au trou ! s'écria l'un d'entre eux.

Sans cesser de pousser des éclats de rire aigus, la fille se débattit en donnant des ruades. Alors qu'ils l'entraînaient à l'angle d'une cabane, Jen Remudi, le père de Siry, arriva en sens inverse. Il portait une matraque et avait une entaille au bras.

– Ah, te voilà ! s'écria-t-il. Je n'arrivais pas à te trouver. Je commençais à m'inquiéter.

– Je vais bien. (Siry désigna la direction par où la fille avait été emmenée.) Que vont-ils faire de la prisonnière ?

Jen eut un soupir :

– Elle passera devant le tribunal.

– Pourquoi ?

Jen fronça les sourcils.

– Lorsqu'on capture un prisonnier, il passe en jugement devant le tribunal. La dernière fois que les Utos ont attaqué notre terre, tu n'avais que cinq ans.

– Et après ?

Jen se tourna vers l'océan.

– Il vaut mieux ne pas y penser, fils.

Siry se dégagea de la main que son père avait posée sur son épaule. Il commençait à en avoir assez qu'on le traite comme un enfant. Il avait quatorze ans !

– Je ne suis plus un gamin ! Dis-moi ce qui va lui arriver.

Son père le toisa.

– Tu dois avoir raison, dit-il avec un soupir triste. Ils la mettront à mort.

– *Ils* ? Tu veux dire *vous* ! Tu es membre du tribunal !

Jen Remudi pencha la tête sur le côté.

— Quelle mouche t'a piqué, Siry ?

Le jeune homme haussa les épaules. Il ne voyait pas où son père voulait en venir.

Jen lui claqua le dos en souriant.

— Sinon, tu as bien agi aujourd'hui. Si tu n'avais pas repéré ces animaux, Dieu sait ce qui aurait pu se passer.

Siry se tourna vers le large. Il se demanda comment ils étaient arrivés là. Un bateau ? Tout le monde savait que les Utos étaient des sous-hommes. Ils seraient bien incapables d'en fabriquer un. Ils l'avaient peut-être volé ?

Il ne cessait de repenser à cette drôle de fille. Elle seule pouvait répondre à cette question. Il voulait lui parler, découvrir ce qu'elle savait. *Tout* ce qu'elle savait. Dommage que les Utos ne parlent pas.

— Il faut que j'y aille, Papa, dit-il.

— Écoute, Siry, je dois te dire quelque chose.

— Il faut que j'y aille, répéta Siry.

CHAPITRE 2

Siry partit le long de la plage en donnant des coups de pied dans le sable. Son père avait peut-être raison. Ces derniers temps, il avait l'impression d'être constamment de mauvais poil. Et il n'arrivait pas à mettre le doigt sur ce qui le dérangeait.

Mais c'était comme si les adultes lui mentaient sans se rendre compte qu'il comprenait tout. Et s'il avait le malheur de le leur faire remarquer, ils lui répondaient : « Siry, tu es trop jeune pour comprendre. » Comme s'il devait s'en contenter !

En ce temps-là, ce n'étaient que des petits détails. Comme le jour où il avait deviné que les cadeaux qui apparaissaient le matin de Simmus n'étaient pas déposés par des fées.

Mais maintenant, il commençait à croire qu'ils lui cachaient plus important encore. Comme tous ces rebuts de la mer qu'il avait récoltés au fil du temps – dont il était presque sûr que certains avaient été faits de la main de l'homme. Il avait trouvé un morceau d'un matériau bleu et flexible comportant des lettres imprimées. Elles étaient impossibles à déchiffrer, mais c'était bel et bien une écriture.

Pourtant, lorsqu'il l'avait montré à son père, Jen s'était contenté de décréter :

– Eh bien, cela ressemble à des lettres, mais ce n'est sans doute qu'un hasard. Du corail, peut-être.

Un hasard ? Il croyait vraiment qu'il allait avaler ça ?

Siry quitta la plage pour entrer dans le village. De-ci de-là, on l'appelait pour lui dire :

– Bien joué, Siry !

Il ne répondit pas. Il continua de marcher et réfléchir. Non, il y avait bien quelque chose. Quelque chose dont son père refusait de lui parler, et que les anciens lui cachaient. Mais quoi ?

Sans l'avoir vraiment décidé, il se retrouva devant la cabane qui faisait office de prison à l'occasion. Elle était faite de bambou avec un toit de chaume. Comme les gens de Rayne savaient se tenir, elle ne servait pas souvent et était en piteux état.

Siry connaissait bien les deux gardes. C'étaient de grands hommes robustes, des amis de son père.

– Bonjour, Kemo, dit Siry à celui qui était le chef de la garde. Elle est là-dedans ?

– Oui, répondit Kemo. (Il leva un bras pour dévoiler une série de marques violettes.) Regarde-moi ça ! Elle m'a mordu ! Mais elle l'a payé cher. (Il eut un sourire.) Heureusement que tu as repéré ces animaux à temps !

Siry haussa les épaules.

– Eh, j'étais au bon endroit, c'est tout. (Il regarda par-dessus l'épaule de Kemo. Il y avait une petite fenêtre aux barreaux de bambou creusée dans le mur de la prison.) Je peux la voir ?

Kemo fronça les sourcils.

– Pourquoi cette Uto t'intéresse-t-elle tant que ça ?

– Je veux juste la voir.

Kemo désigna la fenêtre de la main.

– Fais attention. C'est une traître. Ne t'approche pas trop, elle pourrait t'attaquer.

Siry se dirigea vers la fenêtre et regarda à l'intérieur. L'Uto était blottie sur le sol. Elle avait un bleu à l'épaule et une grande entaille sur la jambe.

– Eh, lança Siry. Tu sais parler ?

La fille ne leva même pas les yeux. Siry l'étudia un instant. Elle était maigre, mais elle avait l'air en bonne santé. S'il l'avait croisée dans la rue, vêtue différemment, il ne l'aurait jamais prise pour une Uto.

Pendant qu'il la regardait, un groupe de gamins vint le rejoindre à la fenêtre pour ricaner en désignant la jeune fille du doigt. Tous mangeaient des noix de juba qu'ils sortaient d'un sac. Au bout d'une minute, un des gamins jeta une coque à l'Uto. Elle rebondit sur son front pour rouler sur le plancher. Un autre lui lança une noix entière qui la frappa en plein visage. La fille sauta dessus, la piétina pour la casser, puis se mit à en récolter la pulpe.

À leur tour, les autres gamins lui jetèrent des noix.

– Eh ! s'écria Siry. Arrêtez !

Les gamins reculèrent. L'une d'entre eux, une fillette blonde, se mit à pleurer. Kemo décocha un regard noir à Siry.

– Qu'est-ce qui te prend ? Ce sont des gosses, ils ont bien le droit de s'amuser.

Siry se retourna vers la fenêtre. La fille avalait les noix avec une telle voracité qu'on aurait cru qu'elle n'avait rien mangé depuis des jours. Lorsqu'elle eut terminé, elle se remit à fixer le sol d'un regard vide.

Il l'examina un long moment, puis demanda :

– Kemo, qui lui a donné à manger ?

Le garde haussa les sourcils.

– Eh bien, euh… en général quand on met quelqu'un en prison, c'est sa famille qui s'en charge.

– Donc, tu veux dire que personne ne s'en est occupé ?

– Je n'y avais pas pensé, répondit Kemo d'un haussement d'épaules.

– Je vais en parler à mon père. Il lui fera apporter quelque chose.

***

Siry revint avec un bol fumant de légumes et de ragoût de viande. Kemo lui ouvrit la porte. À l'intérieur, il y avait une petite salle avec deux cellules séparées. La fille était là, assise dans la même position que lorsqu'il l'avait quittée. Près de la porte, il y avait une encoche conçue pour y glisser les plats. Siry y fit passer le bol.

– Désolé, dit-il à la fille, je sais que ce n'est pas grand-chose. Ma mère est morte quand j'étais encore très jeune et mon père ne sait cuisiner que deux plats : les légumes et le ragoût de viande… et le ragoût de légumes et la viande.

Il tenta un petit rire. Si la fille l'entendit, ou trouva son commentaire drôle, elle n'en laissa rien paraître. Elle se contenta de s'emparer du bol pour piocher le ragoût avec ses doigts. Il lui avait également mis une cuillère de bambou, mais elle l'ignora.

Lorsqu'elle eut fini, la fille lui jeta le tout à la figure et grogna. Le bol rebondit contre les barreaux de bambou, l'aspergeant des dernières gouttes de sauce.

Siry éclata de rire :

– Eh bien, au moins, tu ne mourras pas de faim. (Il poussa à travers la même fente un baquet d'eau chaude avec du savon.) Je ne sais si vous autres Utos savez ce que c'est que faire sa toilette, mais au cas où...

Il passa ses mains sur son corps comme pour le nettoyer. La fille se mit à boire l'eau, puis mordit dans le savon avant d'en recracher un morceau sur le sol. Pour la seconde fois, Siry éclata de rire. La fille le dévisagea d'un air furieux comme s'il avait cherché à la duper.

– Non. Savon, dit-il. Savon.

Il passa sa main entre les barreaux pour ramasser la barre. La fille tenta de lui écraser les doigts sous son pied, mais il était trop rapide pour elle.

– Bien vu, dit-il en souriant, puis il frotta ses mains avec le savon. Tu vois ? Tout propre. Comme ça.

À l'autre bout de la cellule, il y avait un grand évier et une douche. Il lui montra comment s'en servir.

– Regarde. Tu vois ? Tout propre.

La fille le fixa sans comprendre. Il jeta le bout de savon dans l'eau, puis glissa des vêtements à travers les barreaux.

– Ils appartenaient à ma mère, dit-il. Je ne sais si c'est ta taille. Mon père serait furieux s'il apprenait que je te les ai donnés. Cela fait des années qu'elle est morte, mais il n'a jamais pu se résoudre à jeter ses affaires. (Il s'assit sur la chaise face à la cellule.) En fait, c'est plutôt triste. Encore maintenant, il parle tout le temps d'elle. Il faut croire qu'il l'aimait beaucoup.

La fille ramassa une coque de noix de juba et s'en servit pour retirer un bout de viande entre ses dents.

– Mais ce n'était pas ma vraie mère. J'ai été adopté. Mon père a toujours dit qu'il m'avait trouvé flottant sur l'océan. Drôle d'histoire à raconter à son enfant, non ? J'imagine que je m'en contentais lorsque j'étais petit. Maintenant, j'y vois une insulte, comme s'il me prenait pour un débile.

La fille finit par déloger le bout de viande, tendit la coque de noix, la regarda, puis la remit dans sa bouche et l'avala.

– C'est vrai que tes manières laissent à désirer, remarqua-t-il.

Elle cracha par terre.

**

Lorsqu'il sortit de la cabane, Kemo posa sa grosse patte sur le bras de Siry.

– Écoute, fiston, tu as sans doute oublié ce qui s'est passé la dernière fois que les Utos ont attaqué Rayne. Il nous a fallu trois longues années pour nettoyer la jungle et repousser ces monstres.

– Oui...

– Ce que je veux dire, c'est... (Kemo s'éclaircit la gorge) cette chose là-dedans, on pourrait croire qu'après un bon coup de savon, elle ressemblerait à l'un des nôtres. Ne t'y trompe pas. C'est faux. C'est un animal. Un rebut. Un danger public.

– Oui, M'sieur, répondit Siry.

Kemo plissa les yeux.

– Je ne plaisante pas, Siry. Cette créature peut te tuer, te déchirer la gorge en un clin d'œil. Et sans le moindre scrupule.

– Oui, M'sieur, répéta Siry.

Mais alors qu'il s'éloignait, il se dit que Kemo se trompait. La seule question qui s'imposait était : le garde lui mentait-il ? Ou ignorait-il la vérité lui aussi ?

***

Plus tard dans la soirée, après le dîner, il demanda à son père :

– D'où viennent les Utos ?

Jen Remudi détourna les yeux.

– De l'autre côté de l'île, répondit-il en fixant la table.

Voilà une explication qui ne convenait guère à Siry. Il lui semblait que ces gens venaient de beaucoup plus loin, ce qui expliquerait pourquoi ils étaient si différents.

– Mais... ils nous ressemblent tellement ! Un peu plus sales, mais à part ça...

– Les apparences sont parfois trompeuses. Ils ne sont pas comme nous.

– Comment peut-on le savoir ? On ne leur parle jamais. On ne les voit jamais. On les combat, c'est tout.

Son père leva les yeux vers lui et croisa les doigts...

– Écoute, fils, Kemo m'a dit que tu étais allé parler à la fille que nous avons capturée. (Il se tut avant de reprendre.) Je sais qu'après un bon bain, elle serait plutôt jolie. Mais...

– Papa ! s'écria Siry avec colère. Qu'est-ce que tu racontes ?

– Ils ne ressentent pas les choses comme nous.

– Ressentir ? Qui parle de ressentir ? Chaque jour, je vois des choses qui ne devraient pas exister. Des déchets rejetés par l'océan. Qu'est-ce que c'est ? Ces objets en forme de bouteille avec des lettres gravées dessus ? Ces morceaux de métal flexible et transparent ?

– Ne va pas t'éprendre d'une Uto, c'est tout.

Siry dévisagea son père.

– Je te parle de comprendre le monde où nous vivons. Et toi… je ne sais même pas ce que tu racontes !

Il y eut un long silence. Finalement, son père dit :

– Fiston, dans deux jours, elle passera en jugement. Si le tribunal décide qu'elle a violé nos lois, elle… (il soupira) elle sera…

– Mise à mort… Tu me l'as déjà dit, papa.

Mais Siry sentit quand même son estomac se nouer.

– Je sais, cela peut sembler cruel. Mais tu ne sais pas ce qui s'est passé. (Il inspira profondément.) Je t'ai toujours dit que ta mère était morte des suites d'une maladie. Mais c'est faux. Ces choses, ces Utos, ont mené un raid sur Rayne pour voler de la nourriture. Ils devaient bien être une centaine, à s'introduire dans nos maisons pour tout casser et entraîner nos enfants dans la jungle. Ta mère a voulu les empêcher de t'enlever. Ils…

Les yeux de Jen Remudi s'emplirent de larmes.

Siry cligna des yeux. Il se sentait horriblement mal. Et en même temps, il ne pouvait s'empêcher de penser : « Encore des mensonges ! »

– Elle t'a sauvé la vie, mais pour cela, elle a sacrifié la sienne. (Jen Remudi enfouit son visage entre ses mains. Des larmes coulèrent entre ses doigts.) Je n'ai pas pu la sauver. J'aurais dû être là, chez nous. Mais j'étais avec les gardes, à essayer de protéger… (Il leva des yeux cerclés de rouge.) Je t'aime tellement, fils.

Mais j'aurais voulu que tu la connaisses. Je crois que je m'en serais mieux tiré si...

Jen s'interrompit et regarda par la fenêtre.

— Enfin, bref. Le procès est dans deux jours.

Ils restèrent longtemps assis en silence. Finalement, Siry se leva :

— Si ce sont des animaux, pourquoi les faites-vous passer en jugement ?

Il attendit que son père lui réponde, mais en vain. Jen ne dit pas un mot de plus.

CHAPITRE 3

Le lendemain matin, Siry apporta trois œufs durs et des fruits à l'Uto.

Kemo était là, à son poste habituel.

– Eh, Siry ! s'écria-t-il. Je n'arrive pas à y croire !

– Croire quoi ?

– Cette bête. Elle a fait bon usage du savon que tu lui as apporté. Et elle a mis ces vêtements. Incroyable. On la prendrait presque pour une humaine.

– C'en est peut-être une.

Il entra et fit passer la nourriture à travers les barreaux. Puis il leva la tête... et écarquilla les yeux. La fille avait bien mis les vêtements de sa mère. Et maintenant qu'elle était propre, elle était vraiment jolie !

La fille l'ignora. Elle se contenta de ramasser les plats et de fourrer la nourriture dans sa bouche, jonchant le sol de petits bouts d'œuf.

– Il ne reste plus qu'à t'apprendre les bonnes manières, remarqua-t-il.

Elle finit son repas, puis se laissa tomber sur la petite paillasse ramenée dans un coin de la pièce sans lui prêter la moindre attention.

– Comment c'est, là-dehors ? demanda-t-il. J'aimerais que tu puisses me le dire. (Il s'assit en face d'elle sur la chaise.) Tu ne peux imaginer à quel point tout est calme à Rayne. Je ne peux m'empêcher de penser qu'il doit bien y avoir plus que *ça*. (Il étendit les mains.) Une jolie petite ville, une jolie école, des gens bien, suffisamment à manger, un climat idéal. Tout est si parfait. Mais il doit bien y avoir autre chose. J'aimerais tant que tu puisses m'en parler. Si tu savais parler…

La fille rota.

Siry entama un long discours où il lui fit part de tout ce qui lui passait dans la tête ces derniers temps. Toutes les questions qu'il se posait sur le monde dans lequel il vivait. Ses craintes et ses angoisses. Ces sentiments qu'il gardait pour lui, et dont il avait tenté de faire part à ses amis. Mais personne ne l'avait compris. Lorsqu'il se mettait à parler des déchets de la mer, et se demandait d'où ils pouvaient bien venir, on le prenait pour un fou.

– On en revient toujours à ces rebuts, dit-il. Qu'est-ce que c'est exactement ? D'où viennent-ils ?

Il tira un sac et étala son contenu sur le sol, lui montrant des bouts de métal rouillé, ce matériau transparent, les fragments de bois bien trop plats et réguliers – et son plus grand trésor, ce fragment bleu couvert d'inscriptions illisibles.

Finalement, il remit toutes ses trouvailles dans son sac.

– J'imagine que tu ne dois rien y comprendre, toi non plus, reprit-il. Je ne cesse de parler et tu n'as pas la moindre idée de ce que je raconte.

Il rattacha le sac à sa ceinture.

– Demain, tu vas passer en jugement. Et ensuite ? Ils te feront exécuter.

La fille se leva et se dirigea vers Siry, ses yeux verts braqués sur lui. Elle empoigna les barreaux, ses doigts touchant presque les siens. Hier, elle puait la mort. Maintenant, elle sentait bon le savon.

– Je suis désolé, dit-il, mais ils vont te tuer.

Soudain, elle passa la main entre les barreaux pour lui prendre le bras. Un instant, il crut qu'elle allait le mordre, le griffer ou lui arracher les yeux.

Mais non. Elle se pencha et lui parla en un murmure rauque et hésitant.

– Aide-moi.

CHAPITRE 4

Siry cligna des yeux, puis rougit. Si elle savait parler, avait-elle compris tout ce qu'il lui avait raconté? Toutes ses doléances à propos de Rayne lui semblaient bien puériles. Sa vie était autrement plus facile que celle des Utos, qui crevaient de faim dans les jungles à l'autre bout de l'île – si c'était bien de là qu'ils venaient.

– Tu sais *parler*? demanda-t-il.

Elle le dévisagea d'un air furieux.

– Mais… tout le monde dit…

Elle regarda par la fenêtre.

– Aide-moi.

Elle semblait avoir du mal à s'exprimer.

– Eh bien… que veux-tu?

– Les laisse pas me tuer, répondit-elle en fixant le sol.

– Le tribunal.

Elle haussa les épaules et désigna les gardes.

– Tu comprends ce qui se passe? demanda-t-il. Tu vas passer devant le tribunal. C'est un groupe de gens importants. Écoute, s'ils te jugent coupable, ils te feront exécuter.

Elle le prit par le col et le tira vers les barreaux jusqu'à ce que ses yeux ne soient plus qu'à quelques centimètres des siens.

– Rena ! siffla-t-elle.

– Hein ?

– Rena. (Elle tapota sa propre poitrine.) Moi. Rena.

– Oh ! C'est ton nom.

Elle acquiesça.

– Toi. Sauver moi.

Tout d'abord, il s'était intéressé à elle car pour lui, elle représentait... le monde extérieur. Tout ce qui n'était pas Rayne. Mais maintenant ? Elle semblait bien différente. Elle n'était plus juste une simple abstraction, mais un être humain. Peut-être différent des gens de Rayne, mais un être humain tout de même.

– Je vais essayer, dit-il.

Elle le relâcha.

***

Siry trouva son père devant le bâtiment où se réunissait le tribunal.

– Pour quand est prévu ce fameux procès ? demanda Siry.

– Pour demain, aux premières heures du jour, répondit Jen Remudi.

– Et d'après toi, que va-t-il se passer ?

– Nous allons présenter les faits. S'ils donnent à penser qu'elle est une pillarde venue violer nos lois et nous faire du mal...

Le père de Siry haussa les épaules.

– Qui la défendra ?

– Nous choisirons un ancien membre du tribunal.

– Annik Neelow ? Elle *hait* les Utos.

– Nous ne nous sommes pas encore décidés. Il y a d'autres candidats que le tribunal peut encore nommer.

– Oui, et la plupart d'entre eux sont si vieux qu'ils peuvent à peine...

– Écoute, interrompit son père. Nous avons notre façon de faire. C'est ce qui nous différencie des Utos. Ce système n'est pas forcément parfait, mais c'est comme ça.

Siry prit aussitôt sa décision.

– Je veux plaider sa cause.

Jen Remudi regarda longuement son fils.

– Mon fils, tu as quatorze ans. Tu n'as pas la moindre expérience du fonctionnement du tribunal.

– Oui, mais je suis le seul qui s'intéresse à savoir si elle va vivre ou mourir ! rétorqua Siry avec plus de fougue qu'il ne l'aurait souhaité.

– Ah... fit Jen en se radoucissant. (Il se caressa la mâchoire d'un air pensif.) Écoute, je ne sais comment te le dire, mais il vaut mieux ne pas te bercer d'illusions. Tu ne peux pas avoir de relation avec cette fille.

– Une relation ? répéta Siry furieux. Qu'est-ce que ça veut dire ?

– Je veux juste...

– Elle n'est pas ce que tu crois.

– C'est ce que tu ne cesses de répéter, Siry. Je ne dis pas que tu as toujours tort, mais tu n'as pas non plus toujours raison. Parfois, les choses sont *exactement* ce qu'elles semblent être.

Siry dévisagea son père comme pour le défier.

– Et parfois non.

Jen Remudi détourna les yeux.

– Je vais y réfléchir, finit-il par déclarer. Tu es intelligent, et je sais que tu feras de ton mieux. Mais je ne peux rien te promettre.

***

Après cette conversation, Siry se rendit à la plage. Plusieurs amis à lui – Loque, Twig et quelques autres – étaient déjà là, à nager dans les vagues.

– Eh! s'écria Twig. On m'a dit que tu es allé voir cette fille qu'on a capturée!

Nellah, une blonde d'un an de plus que Siry, ajouta:

– Tu sais, ils vont l'exécuter. Je ne vois pas pourquoi tu perds ton temps.

– On verra, répondit Siry.

Nellah fronça les sourcils.

– Ces animaux étaient venus nous tuer! cria-t-elle. Pas plus tard que la semaine dernière, May Lonati ramassait des fruits lorsque l'un d'entre eux lui a jeté une pierre pour voler sa récolte. Si un garde n'était pas intervenu, les Utos l'auraient tuée!

– Tu n'en sais rien.

– Oh, ne dis pas de bêtises! (Elle se retourna pour regarder ses amis.) Enfin, on sait tous ce qui se passe, non?

Tout le monde acquiesça.

– Siry, reprit Loque, je suis sûr que tu n'as que des bonnes intentions. Mais ces Utos ne sont pas comme nous! Ils détruiraient notre mode de vie en un clin d'œil. (Il claqua des doigts.) Et sans le moindre scrupule.

Siry fit jouer sa mâchoire.

– Donc, vous pensez qu'ils ne méritent même pas qu'on les défende devant le tribunal ?

Loque resta pensif. Mais avant qu'il ne puisse répondre, un autre gamin intervint :

– Soyons sérieux. Le tribunal n'est qu'une formalité. On sait tous ce qu'ils doivent décider.

Siry parcourut le cercle des yeux.

– J'en conclus que, si je me présente devant eux pour la défendre, quoi que je puisse dire…

Tous le regardèrent sans rien dire. Finalement, Twig haussa les épaules :

– Abandonne-la à son sort, Siry.

Elle donna un coup de pied dans un objet qu'une vague venait d'apporter, un éclair blanc dans le sable. La chose s'envola et disparut dans les remous.

– Des rebuts de la mer. Ils vont, ils viennent. Il ne faut pas faire une fixation là-dessus.

Siry secoua la tête.

– Ce n'est pas juste.

Tout le monde le regarda. Puis Twig éclaboussa Nellah, qui éclaboussa Loque, puis tout d'un coup, tout le monde se retrouva à patauger en riant.

Siry les regarda sans rien dire. Parfois, il avait l'impression qu'ils pouvaient devenir plus qu'une bande de gamins qui s'amusaient ensemble. Ils pouvaient accomplir quelque chose d'important, de novateur. Mais il ne savait pas quoi.

Il se prépara à expliquer les raisons pour lesquelles il fallait sauver cette Uto. Mais en regardant ses amis qui pataugeaient dans l'eau, il sut que cela n'aurait servi à rien. Ce n'était pas le moment de leur parler de ce qu'il avait en tête.

Tout en réfléchissant à ce qu'il pouvait faire pour lui éviter le pire, il comprit soudain que ceux qu'il avait en face de lui étaient ses amis, les seuls qui devaient au moins l'écouter. S'ils l'ignoraient et tiraient un trait sur cette fille, il savait que les autres habitants de Rayne ne l'écouteraient sûrement pas.

***

Ce soir-là, lorsque Siry rentra chez lui, son père se tenait devant la porte, les traits du visage tirés par la colère.

— Tu as vraiment fait ça ? dit-il sans élever la voix, ce qui était toujours mauvais signe.

— Fait quoi ?

— Tu sais très bien de quoi je veux parler.

Jen Remudi tenait un morceau de tissu coloré, qu'il agita devant son visage.

— Mais non ! se récria Siry.

— Je l'ai trouvé sur le sol à côté de la boîte où j'avais rangé les vêtements de ta mère.

Siry ne répondit pas.

— Tu as donné les affaires de ta mère à cette… cette…

Il semblait incapable de trouver des mots assez durs pour qualifier l'Uto.

— Rena, dit Siry. Elle s'appelle Rena.

— Ces gens ont *tué* ta mère ! Tu me fais honte.

Siry tint tête à son père :

— C'était une enfant lorsque c'est arrivé. On ne peut l'en tenir responsable !

Son père tremblait de colère.

— Je préfère me taire. J'ai peur de ce que je serais capable de dire.

Puis il s'en alla à grandes enjambées furieuses.

– Est-ce que je peux tout de même plaider sa cause demain ? lui lança Siry.

Son père se retourna :

– Fais comme tu voudras. De toute évidence, il est inutile d'essayer de te raisonner.

– Me raisonner ? D'après toi, pourquoi je fais tout ça ?

Il allait ajouter qu'il en avait marre des contes de fées et des demi-vérités. Mais son père s'en alla avant même qu'il ait pu finir de formuler tous les mots qui se bousculaient en lui.

– Vous ne pourrez pas nous cacher la vérité éternellement ! cria-t-il.

Il remarqua que maintenant, lui aussi tremblait de colère. Il ne savait même plus de quoi il parlait. De l'Uto ? Ou d'autre chose ?

***

Cette nuit-là, Siry resta assis sur son lit, à fixer le plafond de chaume de sa chambre. Pendant un long moment, il répéta ce qu'il allait leur dire. Ce n'était qu'une jeune fille. Elle avait un nom. « Regardez-la. » Elle était propre. Elle savait parler. En quoi était-elle si différente des autres jeunes de Rayne ? Il ne manquait pas d'arguments. Il s'entraîna à prononcer des phrases simples comme des perles de rhétorique, des questions pointues, des exigences têtues… Mais peu importe ce qu'il tentait de formuler dans sa tête, il en revenait toujours à l'expression de son père.

Ils la haïssaient. Tous. De quoi avaient-ils si peur ?

CHAPITRE 5

Presque toute la population de Rayne était là. Assis derrière une grande table se tenaient les membres du tribunal. Chacun d'entre eux portait un uniforme vert clair aux jambes et aux manches longues. Leurs visages étaient figés en une expression sévère. Siry tenta de ne pas regarder Jen Remudi, qui se tenait parmi eux.

Deux gardes menèrent Rena face à la foule sous les huées des villageois. Elle avait les mains liées derrière son dos. Elle marmonnait tout en tentant de se libérer sans trop y croire. Mais elle semblait ne prêter aucune attention à tous ces gens.

Finalement, elle s'arrêta et on la força à s'asseoir. Elle feula en direction des gardes, se secoua comme un chien, puis se figea.

Le président du tribunal se leva :

– En tant que président, je déclare cette séance ouverte. Il s'agira de déterminer si l'accusée a violé les lois du village de Rayne. Si, comme en décidera ce tribunal, elle est jugée coupable, elle sera punie conformément à ces mêmes lois. Lema, si tu veux bien te lever et énoncer les chefs d'accusation.

Une femme mince, entre deux âges, se leva et lut une feuille de papier :

– L'accusée, Rena, pas-de-nom-de-famille, est accusée des chefs suivants : pillage, vol, agression aggravée, tentative de meurtre, violation de domicile, refus d'obtempérer, délit de fuite…

Elle continua sur ce ton, débitant d'une voix monotone une litanie d'accusations.

Siry sentit son estomac se retourner. Son père avait accepté de le laisser défendre Rena, mais ce n'est qu'après que Lena aurait exhibé ses preuves qu'il pourrait contre-attaquer.

Ensuite, Lema appela les témoins, y compris Kemo et plusieurs autres gardes. Leur récit fut sans surprise. Ils se contentèrent de raconter comment une poignée d'Utos avait émergé de l'océan, s'était dirigée vers le village, avait renversé un chariot rempli de fruits et agressé quiconque passait à leur portée. Rena elle-même avait assommé un garde d'un coup de bâton et griffé un autre si profondément qu'il avait fallu lui faire des points de suture.

À chaque fois qu'un témoin venait à bout de son récit, le président se tournait vers Siry :

– As-tu des questions à poser ?

Et à chaque fois, il répondait :

– Non.

Le défilé des témoins dura environ une heure. Lorsqu'ils eurent terminé, le président lui dit :

– Siry, tu as été nommé pour représenter l'accusée. As-tu des témoins à appeler ?

Siry se leva. Ses mains tremblaient et ses jambes semblaient s'être transformées en coton. Il tendit le doigt.

– J'appelle...

Sa voix se brisa. Deux filles dans l'assistance eurent un petit rire. Il s'éclaircit la gorge.

– J'appelle cette Uto à la barre.

Il désigna la chaise des témoins. Des rires moqueurs s'élevèrent de la foule. Dans leur esprit, faire témoigner cette brute sans cervelle était absurde.

– Veux-tu bien t'asseoir là?

La fille obéit d'un pas traînant, se laissa tomber sur la chaise et fixa le ciel d'un air boudeur.

Siry inspira profondément. Son cœur battait la chamade. Tous les yeux étaient braqués sur lui. Il tenta de garder son calme.

– Peux-tu nous dire ton nom?

D'autres rires s'élevèrent de la foule.

– Ton nom. Dis-nous ton nom.

Les rires retombèrent. Rena parcourut la foule des yeux, puis fronça les sourcils. Finalement, elle déclara:

– Rena. Mon nom... Rena.

Quelqu'un eut un hoquet de surprise. La foule bruissa. Ils ne s'attendaient pas à ça. Personne n'avait jamais entendu un Uto parler. Très vite, les murmures cessèrent.

– D'où viens-tu, Rena?

– Là, répondit-elle en désignant la forêt.

– Selon les lois de Rayne, tu es accusée d'un crime. Comprends-tu ce que cela signifie?

Elle le regarda sans rien dire.

– Réponds, Rena.

– Pourquoi?

– Rena. Je t'ai expliqué ce qu'est une loi.

– Loi, c'est rien. Des paroles. Vous voulez tuer Rena ? (Elle regarda la foule, puis se frappa la poitrine.) Allez-y. Tuez Rena.

Les murmures reprirent.

– Bonne idée ! cria quelqu'un, ce qui provoqua une nouvelle vague de rires.

Siry jeta un regard furieux au président.

– Faites-les taire !

Ce dernier fronça les sourcils, puis tapa sur la table avec son marteau.

– Silence !

Siry se tourna à nouveau vers Rena.

– Rena, pourquoi es-tu venue ici ?

Elle le regarda comme si sa question était particulièrement stupide.

– Faim. (D'un doigt, elle traça un cercle invisible autour de sa tête.) Ici, à manger.

– Quel âge as-tu, Rena ?

Elle haussa les épaules.

– Sais-tu en quelle année nous sommes ? Sais-tu ce qu'est un chiffre ?

Rena ne dit rien.

– Combien d'étés as-tu connu ? Cinq ?

Il leva ses doigts tendus. Elle ne répondit pas.

– Dix ? insista-t-il en tendant tous les doigts de ses deux mains.

Rena le regarda un moment, puis secoua la tête.

– Quinze ?

Je leva ses dix doigts, puis quatre.

ilà.

le marmonna à nouveau.

Tu peux te rasseoir.

Jen Remudi se tourna vers lui.

– C'est tout, Siry ?

– Oui.

Lema se leva et déclara :

– Avec votre permission, je vais résumer les chefs d'accusation et les preuves afférentes, telles que...

Siry leva la main pour l'interrompre.

– Est-ce vraiment nécessaire ?

– Bien sûr que oui, répondit son père.

– Ce que je veux dire, c'est que tout le monde connaît déjà les faits.

La foule se remit à murmurer. Rena tourna la tête d'un geste sec.

– Menteur ! cria-t-elle. Menteur ! Tu as dit que tu m'aiderais !

– Un instant, un instant ! répondit Siry, levant les mains. Si tu veux bien me laisser...

– Menteur ! Menteur ! Menteur !

– Qu'on la bâillonne ! s'écria le président.

Les gardes s'emparèrent d'elle et fourrèrent un bout de tissu dans sa bouche.

Lorsqu'elle cessa de se débattre, Siry dit :

– Nul ne peut prétendre que ces faits ne sont pas l'expression de la vérité. Elle et ses amis sont venus à la nage, ont pris pied sur cette plage et ont renversé une table. D'après les témoignages, ils ont réussi à voler une mangue. (Il leva son index.) Une seule.

La foule remua nerveusement.

– Aussitôt, Rena et ses amis se sont re~ entourés par des gardes hostiles. Qui a atta~ Difficile à dire. Mais au final, ils se sont ba~ quoi Rena et les siens ont frappé deux ~

retour, trois d'entre eux ont été tués, cinq ont été repoussés vers la mer et Rena a fini en prison en attendant d'être exécutée.

Personne ne parla. Une brise fit bouger les branches.

Siry se leva en direction de la foule. Il se sentait plus confiant, maintenant que tout le monde était suspendu à ses lèvres. C'était plutôt agréable, même.

Sur la table devant lui, il y avait une belle mangue mûre. Il la ramassa et la leva. Puis il se retourna pour la montrer à la foule.

– Une mangue. Une jeune fille de quatorze ans traverse la jungle, nage dans des rouleaux dangereux et manque de se faire tuer par des guerriers bien entraînés comme mon ami Kemo, et tout ça pour une mangue ?

Il y eut un silence gêné. Siry haussa les épaules :

– Je sais ce qu'on dit des Utos. Ils ne sont pas comme nous. Ce sont des brutes. Des bêtes. Des monstres. (Il désigna Rena.) Est-ce qu'elle a vraiment l'air d'un monstre ? Elle sait même prononcer quelques mots. (Il se tut avant de reprendre.) Ces Utos nous ressemblent tout de même un peu, non ?

Un murmure parcourut l'assemblée.

– Ils sont comme nous... sauf qu'ils n'ont pas d'outils, ni de champs dignes de ce nom, ni de bateaux, ni ce qui se trouve là-dedans (il désigna la montagne qui dominait le village) et qui nous permet d'éclairer nos maisons. Nous autres avons toutes les bonnes terres. ~~onque~~ est déjà allé de l'autre côté de l'île sait que ~~t~~ qu'une jungle rocailleuse au sol stérile. Rena et ~~le~~ manquent de tout.

~~e~~ était absolu, uniquement rompu par le ~~du~~ vent. Et les pleurs de Rena. Siry se dirigea vers elle pour lui retirer son bâillon. Elle se mit à sangloter.

– Que savons-nous de ces gens ? (Il désigna la fille en larmes.) Rien. Alors, qu'est-ce qui nous permet de croire que nous valons mieux qu'eux ?

Il tira son couteau de sa ceinture et coupa la corde qui lui entravait les mains, puis posa la mangue devant elle. Rena la fixa d'un air morose.

Il inspira profondément. Il sentait monter en lui une émotion nouvelle. Un sentiment de triomphe. Il les tenait.

– Peuple de Rayne, je pense que si nous avons vraiment une raison de nous sentir supérieurs, c'est parce que nous croyons en la justice et la compassion. Mais surtout au pardon.

Dans la foule, il y eut plus d'un hochement de tête approbateur. Même son père, Jen Remudi, le dur à cuire, acquiesça brièvement.

Siry désigna la fille :

– Elle a quatorze ans. Quatorze ! Et nous sommes là, à décider de sa mort ? Pour *ça* ? (Il désigna la mangue.) Si nous sommes vraiment là pour rendre justice, nous devrions plutôt l'accueillir, lui donner un bon repas, des vêtements et la traiter comme l'une des nôtres. Peut-être n'apprendra-t-elle jamais à s'exprimer comme nous. Mais nous pouvons peut-être lui montrer qu'il existe une autre façon de vivre.

Siry alla prendre la mangue sur la table, puis la posa devant son père. Enfin, il alla s'asseoir à côté de l'accusée.

Pendant un moment, le vent fit bruire les feuilles de palmier. Quand soudain, les habitants de Rayne se mirent à applaudir.

CHAPITRE 6

Le directeur du tribunal trouva une famille disposée à adopter Rena. Mais celle-ci ne semblait pas s'adapter à sa nouvelle vie. Elle ne parlait à personne. Elle ne cherchait même pas à se faire de nouveaux amis. Elle ne savait ni lire, ni écrire, et aller à l'école ne l'intéressait pas. Siry était la seule personne qu'elle voulait fréquenter. Uniquement parce qu'il faisait de gros efforts.

Il la prenait à l'écart pour tenter de lui apprendre l'alphabet et de nouveaux mots, mais elle se contentait de soupirer en levant les yeux au ciel. Il n'aurait toujours pas pu dire ce qui l'attirait chez elle. Elle était jolie, si l'on veut, mais il ne la considérait pas comme les autres filles. Elle était une énigme, quelque chose qu'il devait découvrir petit à petit. Mais plus il passait du temps en sa compagnie, plus son impatience grandissait.

Un jour, après avoir passé plus d'une heure à tenter, en vain, de lui apprendre l'alphabet, il finit par lui dire :

– Écoute, si tu veux rester ici, tu vas devoir commencer à apprendre notre façon de vivre.

– Pourquoi ? (Elle tendit le livre avec lequel il tentait de lui apprendre à lire.) Ça se mange pas.

– Suis-moi.

En silence, il la mena le long du chemin partant de Rayne pour finir aux contreforts de la montagne du tribunal, qui dominait le village de sa masse. Ils passèrent le long d'une petite falaise pour se retrouver face à une grande porte de métal creusée à même la pierre.

– Je ne peux te révéler ce qu'il y a derrière, déclarat-il. À vrai dire, moi-même, je n'en ai qu'une vague idée. Mais ce que je peux affirmer, c'est que les plus grands esprits de Rayne viennent ici chaque jour et disparaissent dans la montagne. Ils gardent cette porte fermée à double tour. Et on ne met pas sous clé quelque chose qui n'a aucune valeur, non ?

Rena fixa la porte d'un œil rond.

– Ils ne ramassent pas de fruits, Rena. Ils ne pêchent pas. Non, rien de tout ça. Et ces fils qui rentrent dans nos maisons, ceux qui nous donnent de la lumière ? Ils viennent de là.

Elle haussa les épaules. Il venait d'essayer de lui expliquer comment fonctionnaient leurs lampes. Mais elle s'était contentée de les montrer du doigt et de dire : « Magique ! » Il chercha une explication un peu plus claire.

– Le beurre ! s'écria-t-il. Le fromage ! Toutes ces bonnes choses qui ne poussent pas sur les arbres ? Elles viennent de derrière cette porte.

Elle pencha la tête sur le côté. Mais elle ne dit rien, ne posa aucune question. Pour autant qu'il puisse se rappeler, cette montagne avait toujours fasciné Siry. Il s'y passait des choses dont on ne parlait jamais. Cette fille n'avait pas du tout l'air intrigué.

– C'est peut-être parce que tu n'habites pas ce village depuis aussi longtemps que moi. Pourquoi nous cachent-ils ce qu'ils manigancent là-dedans ? Pourquoi font-ils comme si cela n'avait aucune importance ?

Un grand arbre s'élevait à côté de la porte et des entrelacs de vigne sauvage s'enroulaient autour du tronc. Des centaines de grains de raisin jonchaient le sol. Beaucoup pourrissaient sur place, emplissant l'air d'un lourd relent d'alcool. Alors que le vent bruissait dans les feuilles, quelques autres grains tombèrent. Rena alla en ramasser un, le flaira, le mit dans sa bouche. Elle ferma les yeux et sourit.

– Mmmmmmmm, dit-elle.

– Ça ne t'intéresse vraiment pas ? insista Siry.

Parfois, il se demandait si elle comprenait ce qu'il lui disait.

– La porte est fermée. Mais mon père m'a montré une partie de ce qu'il y a derrière. Le tribunal s'y réunit dans une grande salle. Un jour, j'ai vu une pièce où il y avait des milliers et des milliers de livres. Je n'étais pas censé y entrer, mais je l'ai fait quand même. J'ai ouvert un de ces volumes. Il décrivait des machines incroyables. Je ne pouvais pas comprendre à quoi elles servaient, mais je n'avais jamais rien vu de tel.

Rena s'assit sur le sol et se mit à ramasser des raisins pour les fourrer dans sa bouche.

– Tu n'as même pas une *pointe* de curiosité ? demanda-t-il. Tu ne veux pas savoir pourquoi nous sommes différents de vous, les Utos ? La réponse se trouve derrière cette porte.

– Pas besoin réponse. Sais déjà.

Siry eut un sourire.

– Ah, oui ? Alors dis-moi. Qu'est-ce qui nous rend si différents, toi et moi ?

– Manger, répondit-elle tout naturellement.

– Manger ?

– Vous avez à manger. Beaucoup.

– Oui, mais pourquoi ? Parce qu'on cultive la terre, voilà pourquoi. Parce qu'on élève des animaux pour leur viande. Parce qu'on a des outils pour nous aider à faire les récoltes. Parce qu'on sait comment fertiliser le sol et...

– Nous ? Utos ? (Rena se frappa la poitrine.) Tous les jours. Chercher à manger. Chercher à manger. Chercher à manger. Toujours. Faim. Toujours. Aller loin (elle fit un geste enveloppant l'océan) pour trouver à manger.

Siry haussa les sourcils.

– *Aller loin ?*

Alors c'était donc vrai ? Les Utos ne venaient pas de l'autre côté de l'île ?

Il voulait la faire parler, en apprendre davantage. Soudain, il lui semblait que toutes les questions qu'il se posait depuis tout ce temps auraient enfin peut-être une réponse.

– Oui ! Voilà ! C'est bien ce que je veux dire ! Il y a une raison à cela. (Il désigna la porte.) Je ne sais pas ce qu'il y a là-dedans. Mais il y a quelque chose. Quelque chose de caché et dont ils refusent de parler. Quelque chose qui nous aide à obtenir plus de nourriture qu'il ne nous en faut.

Rena scrutait le sol, cherchant d'autres raisins.

– Tu ne veux pas en apprendre davantage ? Cela ne te met pas en colère de savoir qu'on te cache des choses ?

Rena se pencha pour ramasser des raisins et les fourrer dans ses poches. Les grains laissèrent des taches violettes sur ses vêtements, mais de toute évidence, elle s'en moquait.

– Pourquoi crois-tu que vous avez toujours faim? À cause du savoir! Nous détenons le savoir! Tout ce qui permet aux gens de Rayne de mener une existence bien meilleure que vous autres qui vivez de l'autre côté de l'île!

– Manger? demanda-t-elle en désignant la porte.

Siry secoua la tête.

– Oui. Peut-être. Mais ce n'est pas ça. Ce qu'il y a derrière cette porte est bien plus important que la nourriture elle-même.

Rena enfonça la poignée de la porte. Elle était fermée à clé. Elle continua de manipuler la poignée.

– Manger. Manger.

Siry soupira et secoua la tête.

– Manger? répéta-t-elle, des raisins tombant de ses poches.

– Oui! rétorqua Siry exaspéré. Oui, je suis sûr qu'il doit y avoir à manger là-dedans. Mais il y a aussi toutes sortes de choses bien plus intéressantes. Des livres. Des machines. Des outils.

Elle continuait de mettre des raisins dans ses poches.

– Il y a aussi de la magie! ajouta-t-il avec l'énergie du désespoir. Des objets magiques qui volent dans les airs, contrôlent le temps et changent les pierres en poissons. Une magie dont on peut se servir pour créer une réserve de nourriture inépuisable.

Rena ouvrit de grands yeux. Elle se désintéressa de ses raisins.

– Magie ?

Siry soupira. Il perdait son temps.

Rena prit un air rusé. Elle s'approcha de la porte et passa le bout de ses doigts sur le panneau.

– Rentrer ! Comment ?

– Il y a une clé. On la range dans le bâtiment de l'administration.

Rena regarda la porte un bon moment. Puis elle se retourna et se mit à marcher sur le sentier menant au village.

– La magie n'existe pas ! lui lança Siry. Il n'y a que le *savoir* ! Les faits ! La raison !

Mais Rena poursuivait sa route en mangeant les raisins qu'elle tirait de ses poches.

***

Le lendemain, après l'école, Siry trouva Rena assise sur la plage, à fixer le large. Il lui avait apporté le petit sac où il rangeait sa collection de déchets en pensant qu'il pouvait l'intéresser à la lecture.

Il balança quelques-uns des objets devant elle sur le sable.

– Regarde, dit-il.

Il ramassa un flacon fait d'un matériau bleu translucide. Des lettres étaient gravées sur sa surface.

– Tu vois : a-s-p-i-r-i-n-e. C'est un mot. Je ne sais pas ce qu'il veut dire. Mais ça doit forcément signifier *quelque chose* ! Et un jour, je découvrirai quoi.

Elle haussa les épaules.

– On ne peut vivre sans rêves ! insista-t-il. Il ne peut y avoir que *ça* ! (Il agita les bras pour embrasser le petit village, la petite île, le bout de sable, l'horizon informe.) Il y a bien plus. Plus important. Et un jour, je le découvrirai. Tu verras.

Elle jeta un regard vide au petit bout de matériau translucide. Au bout d'une minute, elle le fourra dans sa bouche. Elle le mâcha pendant quelques secondes avant de le recracher.

– Pas bon, dit-elle.

– Mais si certains de ces rebuts n'en étaient pas ? Ils ressemblent à des ordures, mais s'ils cachaient un message ? Une information, un secret. Une forme de savoir.

Rena scruta l'horizon. Puis elle se retourna et désigna la montagne du tribunal.

– Magie ? finit-elle par dire.

– Je plaisantais ! rétorqua Siry avec colère. La magie n'existe pas. Ce n'était qu'une blague.

– Donne-nous magie, répondit-elle. Tout le monde content. Change pierres en poissons.

Siry enfouit son visage entre ses mains.

CHAPITRE 7

– Elle est partie.

– Quoi ?

Siry venait de finir son petit déjeuner, lorsque son père entra dans la maison.

– Elle est partie, répéta Jen Remudi.

– Qui ? reprit Siry sans comprendre. Qui est partie ?

– Ta chère amie Rena. Elle s'est enfuie en pleine nuit.

Jen Remudi portait rarement une arme, mais aujourd'hui, il tenait une matraque – comme celles des gardes de Rayne.

– Elle reviendra, dit Siry d'un ton morose. Après tout, c'est nous qui avons de quoi manger.

– C'est bien ce que je crains, remarqua Jen.

– Comment ça ?

– Elle a emporté la clé des galeries sous la montagne.

Siry eut un mauvais pressentiment, comme s'il se tenait sur une plate-forme élevée… qui venait de céder sous son poids.

– Il doit y avoir une erreur. Ils l'ont peut-être oubliée quelque part ?

– La clé principale est rangée dans un coffre fermé à double tour posé dans le bâtiment de l'administration. On a fracassé la serrure. La clé a disparu.

Siry avala sa salive.

– Siry, pourquoi ferait-elle une chose pareille ?

Le jeune garçon inspira profondément.

– Écoute, répondit-il, il y a quelque chose dans cette montagne, non ? Personne ne veut l'admettre, mais c'est forcément ça.

– Siry, je t'ai posé une question. Pourquoi aurait-elle pris cette clé ?

– Dis-moi ce qu'il y a là-bas. J'ai le droit de savoir !

Le visage de Jen Remudi se durcit.

– Fils, tu as quatorze ans. Il y a des choses que tu n'es pas prêt à recevoir. Des choses que tu ne seras peut-être *jamais* prêt à recevoir.

Siry sentit une pointe de colère monter en lui.

– Qu'entends-tu par là ?

– Dis-moi qui a volé cette clé.

– Non ! Pas tant que tu ne m'auras pas révélé ce qu'il y a dans cette montagne !

Son père lui prit la main. C'était un homme grand, fort et imposant.

– Tu crois vraiment que je suis là pour *marchander* ? cria-t-il. Pourquoi a-t-elle volé cette clé ?

– Dis-moi ce qu'il y a dans la montagne et tu le sauras.

Siry tenta d'arracher sa main à l'étreinte de celle de son père et de se lever.

Mais Jen Remudi poussa son fils qui retomba sur sa chaise avec violence. Face à sa propre impuissance, Siry sentit monter la colère. Il lutta et se démena pour échapper à la poigne de son père. Soudain, la chaise céda sous leur poids. Siry et Jen tombèrent tous les deux, et le crâne de Siry heurta violemment le sol.

Tout d'abord, il n'y eut que le noir. Puis, tandis qu'il reprenait ses esprits, il vit son père penché sur lui.

– Regarde ce que tu m'as fait faire! dit-il. Tu crois vraiment que je voulais te faire mal?

Siry s'assit lentement. Une douleur sourde pulsait sur sa nuque.

– Pourquoi a-t-elle pris la clé? insista Jen Remudi.

Toujours sous le choc, Siry n'eut pas la force de résister. Il palpa l'arrière de sa tête. Ses doigts touchèrent quelque chose de mouillé.

– Je lui ai dit qu'il y avait de la magie dans la montagne, dit-il. Une magie qui pouvait servir à se procurer de quoi manger.

Il ramena sa main. Elle était souillée de sang.

Jen Remudi poussa un long soupir, l'air triste. Il laissa tomber sa matraque et remit Siry sur ses pieds comme s'il n'était qu'un bébé.

– Pourquoi lui as-tu raconté une chose pareille? demanda-t-il doucement.

Siry haussa les épaules:

– Je voulais juste qu'elle s'intéresse à quelque chose.

Jen Remudi porta son fils jusqu'à l'évier et lava sa nuque avec une serviette. Se retrouver dans les bras de son père lui faisait un effet étrange. D'un côté, c'était réconfortant. De l'autre, il se sentait impuissant. Et lorsqu'il se sentait impuissant, cela le mettait en colère. Il n'était plus un enfant.

Siry repoussa la main de son père.

– C'est bon, Papa.

– Laisse-moi…

Siry se dégagea de l'étreinte de son père.

– C'est *bon* !

Jen Remudi posa la main sur son épaule.

– Écoute, fils, je sais que tu ne voulais rien faire de mal. Lorsque tu prends une décision, tu n'écoutes que ton cœur. Tu voulais juste l'aider. Et pour ça, je suis fier de toi.

Siry avait horreur de l'entendre dire des choses pareilles. D'un haussement d'épaules, il repoussa la main de son père, puis se pencha pour ramasser la mangue qu'il avait entamée. Maintenant, elle était toute sale. Rageusement, il la jeta à la poubelle.

– Fils, continua Jen, elle ne pense pas comme nous. Je ne veux pas dire qu'elle a délibérément comploté pour profiter de toi. Pourtant, c'est ce qui s'est passé. Elle a abusé de ta générosité. Et maintenant, elle va la retourner contre nous. Contre nous tous.

– Pourquoi ne peux-tu pas te contenter de me dire ce qu'il y a dans ces montagnes ? cria Siry. Vous êtes donc incapables de dire la vérité ? Pourquoi vous sentez-vous obligés de mentir ? Pourquoi faut-il que vous fassiez toutes ces cachotteries ?

– C'est bon, laisse tomber, déclara Jen en jetant la serviette dans l'évier. Je fais tout mon possible, mais tu refuses de m'écouter.

– Mensonges ! cria Siry.

Il avait terriblement mal à la tête. Il avait envie de pleurer, mais aussi de se jeter sur son père.

– Tout ce que tu me racontes n'est qu'un tissu de mensonges !

Jen Remudi agita son doigt au nez de son fils.

– Fils, tu ferais bien de réfléchir avant de…

C'est alors qu'un cri lui coupa la parole :

– Les Utos !

Siry et son père levèrent les yeux.

– Les Utos ! reprit la voix. Ils attaquent !

– Reste ici !

Jen Remudi sauta sur ses pieds et ramassa sa lourde matraque.

– Des Utos ! cria une autre voix. Au secours !

Les cris venaient de la bordure de la jungle à l'ouest de Rayne.

– Ne bouge pas ! cria Jen. S'ils viennent jusqu'ici, cache-toi dans la cave !

Il tourna les talons et courut le long de la rue. Siry le regarda partir de sa démarche athlétique avec un mélange de fierté et de colère. Apparemment, quoi que puisse faire Siry, il ne serait jamais à la hauteur de ce que son père attendait de lui.

Siry repensa à tout ce que Jen venait de lui dire. Rena avait-elle vraiment volé la clé qui lui donnerait accès au secret caché dans la montagne ? Peut-être que, dans un recoin de son cerveau, il avait toujours su ce qui allait se produire. Peut-être qu'en fait, il espérait qu'elle s'y introduise, révélant ce qu'il y avait à l'intérieur.

Mais une autre partie de lui n'arrivait pas à croire qu'elle l'ait trahi. Après tout ce qu'il avait fait pour elle ! Il lui avait sauvé la vie ! Pouvait-elle être repartie dans la jungle pour répéter aux Utos tout ce qu'il lui avait raconté ?

Mais elle n'était partie que depuis quelques heures à peine et les Utos étaient bien là, non ? La conclusion semblait évidente. Son père devait avoir raison. Elle s'était servie de lui. Et maintenant, Rayne tout entier allait payer pour sa bêtise.

Son visage était rouge de honte.

– Des Utos ! cria une autre voix, plus proche cette fois-ci. Au secours ! Ils sont partout !

Siry courut vers une armoire. Mais pas pour se cacher. Son père lui avait appris le maniement de la matraque. Et, à vrai dire, il se débrouillait plutôt bien.

Siry s'empara de son arme d'entraînement et sortit de la maison en courant. Il pouvait entendre les bruits de la bataille. Des cris, des exclamations, le chaos.

Il courut dans cette direction. Lorsqu'il tourna l'angle de la rue, il vit plusieurs de ses amis immobiles, les yeux écarquillés.

– Qu'est-ce que vous faites ? leur cria-t-il. Prenez vos matraques et suivez-moi !

Ils échangèrent des regards nerveux.

Sentant que ses amis avaient besoin de fermeté, Siry leva sa propre arme et la fit tournoyer.

– Vite ! Il faut aller les aider !

Sa voix les galvanisa. En quelques secondes, il se retrouva à la tête d'une meute de huit ou neuf garçons et filles, tous munis de matraques. Tandis qu'ils montaient la légère pente à l'ouest de Rayne, un spectacle stupéfiant se présenta à eux.

Les Utos devaient être plusieurs dizaines – crasseux, en haillons, les yeux vides. Individuellement, ils n'étaient pas très impressionnants, mais ils étaient nombreux. Et plus important encore, ils avaient pris les habitants de Rayne par surprise. Les villageois n'avaient pas eu le temps de former de périmètre de défense. Au centre, une phalange de gardes résistait aux assauts. Mais ceux qui les flanquaient étaient des gens ordinaires, moins bien entraînés, moins organisés. Et ils commençaient à paniquer.

D'autres habitants du village continuaient d'affluer, mais la plupart d'entre eux n'avaient pas eu le temps de prendre une matraque. Certains se contentaient de couteaux de cuisine, d'autres encore de leurs mains nues.

Il était clair que de leur côté, les Utos avaient un plan. Pas très élaboré, certes, mais un plan néanmoins. Leurs hommes les plus grands et les plus robustes se trouvaient au centre. Siry vit le plus grand de tous, un vrai géant qui dominait tous les autres, affronter Kemo en un combat furieux. Le père de Siry se trouvait également au cœur de la mêlée, maniant méthodiquement sa matraque tout en criant des encouragements aux uns et des instructions aux autres.

Siry chercha Rena parmi les assaillants. En vain. « C'est peut-être une coïncidence », se dit-il, plein d'espoir. Peut-être ne l'avait-elle pas trahi. Peut-être errait-elle quelque part dans les bois sans savoir ce qui se passait ici.

Mais il n'était pas sûr d'y croire.

— Là-bas ! s'écria Siry, désignant les Utos. Il faut les repousser avant que ce flanc ne cède !

Il mena ses amis vers la mêlée. Lorsqu'ils arrivèrent, les villageois fléchissaient sous les assauts répétés des Utos.

— Tenez bon ! Tenez bon ! cria Siry aux villageois terrifiés afin de les encourager. Vous pouvez y arriver !

— Mets-toi dans la rangée ! lui cria Loque.

— Non ! rétorqua Siry. Nous allons les prendre à revers et les faire reculer !

Il n'attendit pas son accord : il se contenta de foncer derrière la ligne des combattants. Ses amis lui emboîtèrent le pas et chargèrent en hurlant.

Ils prirent les Utos par surprise. Siry frappa le bras d'un d'entre eux, qui avait l'air affolé. L'homme poussa un cri de douleur, lâcha son bâton et recula en titubant. Siry choisit une autre cible, lui fit un croche-pied et la frappa deux fois en pleine face. L'homme retomba, assommé. En quelques secondes, le flanc gauche des Utos fut mis en déroute.

Siry eut une bouffée d'enthousiasme. Son plan avait fonctionné ! Il ne s'était jamais considéré comme un meneur d'hommes, mais maintenant, il comprenait qu'il était fait du même bois que son père.

– Woooooh ! hurla Twig.

– Yaaaaah ! brailla Loque.

Ce combat s'avéra un mélange de panique et de concentration. Siry montra les dents et harcela un autre assaillant. Son bâton lui égratigna le visage, mais il le sentit à peine. Un autre coup de matraque cassa l'arme de son adversaire qui ouvrit de grands yeux et recula.

Le cours de la bataille commençait à changer. La soudaine irruption de dix gamins aussi intrépides qu'agressifs, attaquant de façon coordonnée, avait fait capoter le plan des Utos. Ils restaient plus nombreux que les troupes de Rayne et continuaient de repousser lentement les gardes, mais les flancs des défenseurs se renforçaient, et d'autres villageois ne cessaient d'affluer.

Siry cherchait toujours Rena des yeux. Il voulait croire qu'elle n'était pas responsable de cet assaut, mais ce n'était pas logique. Peut-être n'était-elle pas venue avec l'intention d'espionner le village. Mais c'était bien ce qui s'était passé. Les deux semaines qu'elle avait passées à Rayne lui avaient donné l'occasion de localiser chaque cible vitale et chaque point faible. Et maintenant, les Utos passaient à l'attaque en se basant sur les informations qu'elle leur avait rapportées.

Mais où pouvait-elle bien être ?

C'est alors qu'il comprit ce qui se passait. Il se tourna vers Twig :

– Ce n'est qu'une diversion ! cria-t-il en évitant une pierre lancée par une jeune Uto. On doit gagner la montagne !

– Mais ils ont besoin de nous ici ! rétorqua Twig.

Malgré le changement d'équilibre, la bataille faisait toujours rage.

– Si on s'en va, ils…

Siry repoussa un Uto.

– Écoute, les villageois ne cessent d'arriver. Ils peuvent s'en sortir. Il faut qu'on gagne la montagne sans plus tarder !

– La quoi ?

Twig était occupé à éviter un Uto plus grand que lui qui cherchait à le frapper avec une branche.

– La *montagne* !

Sans un mot de plus, Siry tourna les talons et partit en courant vers le sentier sinuant le long de la falaise qui menait à cette montagne. Son cœur battait la chamade et l'adrénaline cascadait toujours dans ses veines.

Seuls quatre de ses amis le suivirent. Apparemment, les autres avaient préféré rester.

– À quoi joue-t-on ? cria Loque alors qu'ils grimpaient le chemin.

– C'est Rena ! répondit Siry. Elle a la clé des galeries sous la montagne. Je crois que c'est elle qui dirige ce raid.

Ils continuèrent de monter en silence, traversant un bosquet de palmiers donnant sur la petite clairière devant l'entrée des galeries sillonnant l'intérieur de la montagne. Celle-ci se trouvait tout en haut d'une falaise dominant les rouleaux de l'océan.

Deux gardes étaient postés devant la porte. Et il y avait également une dizaine d'Utos.

– Tous sur eux ! cria Siry.

Ses amis et lui chargèrent le groupe d'assaillants en hurlant comme des animaux.

En chemin, Siry remarqua deux yeux verts entourés de longs cheveux roux. Rena semblait regarder à travers lui, comme si elle ne le reconnaissait pas. Elle tenait dans sa main une grande clé métallique.

L'un des gardes saignait d'une profonde coupure au front et les autres avaient du mal à empêcher les Utos d'atteindre la porte. Siry remarqua que ces derniers semblaient plus forts et mieux nourris que ceux qui affrontaient les villageois. Et à part Rena, ils étaient tous plus grands et plus costauds que Siry et ses amis.

Instinctivement, Siry sut qu'il n'y avait qu'une seule façon de les vaincre : rester organisés.

– Épaule contre épaule, dit-il. Tenez bon ! Ils sont plus nombreux que nous, mais si on reste en formation serrée, ils ne pourront nous attaquer à deux contre un.

Les cinq ados s'arrêtèrent près de la porte, levèrent leurs matraques et se mirent à avancer. Le groupe d'Utos se retourna pour leur faire face.

– Mettez-vous devant lui, lança Siry en désignant le garde blessé.

Celui-ci parut soulagé. De toute évidence, il ne pourrait pas tenir encore bien longtemps. Siry et les autres se mirent à harceler les assaillants. Ceux-ci avaient beau être furieux et agressifs, il fut vite clair qu'ils n'avaient pas le moindre entraînement au combat. Ils se contentaient d'agiter frénétiquement les bras. Et leurs bâtons en bois mal choisis étaient minces et fragiles.

– Merci ! cria le garde.

– Ce n'est pas encore fini, répondit Siry. Rena ne doit pas s'approcher de la porte.

En fait, elle se faufilait déjà dans cette direction, cherchant à se cacher derrière les autres Utos afin d'atteindre sa destination.

– S'ils réussissent à entrer, ils pourront barrer la porte et tout casser à l'intérieur !

Voilà ce qui était en jeu, comprit-il. Si les Utos pouvaient détruire ou endommager ce qui se trouvait à l'intérieur de la montagne… eh bien, il était probable que Rayne se retrouverait vite aussi mal en point qu'eux. Alors les Utos pourraient profiter de leur supériorité numérique pour envahir le village.

Plusieurs d'entre eux restaient en arrière. Ils n'avaient pas envie de risquer leur peau. Mais ceux du premier rang semblaient résolus. Ils passèrent à l'attaque sans ménager leurs forces. Siry repéra aussitôt leur chef. C'était le plus costaud de tous, un grand jeune homme blond avec une balafre labourant un côté de son visage.

Pour l'instant, celui-ci était occupé à combattre le dernier des gardes. Siry décida de saisir la première occasion de le mettre hors d'état de nuire.

Entre-temps, un autre Uto s'avançait. Son bâton s'abattit sur l'épaule de Twig dans un craquement écœurant. La blessée hurla et s'effondra au sol en enserrant son bras.

Mais Siry réussit à en profiter pour contre-attaquer. En s'écartant de ses compatriotes, l'Uto s'était exposé. Siry lui décocha deux coups secs dans le cou. Sa cible s'effondra en hoquetant comme un poisson hors de l'eau.

Il y eut un bref moment de flottement. Siry vit que Rena avait presque atteint la porte.

– Arrêtez-la ! cria-t-il.

Le garde bondit sur sa droite afin de l'empêcher de s'approcher de sa destination. Mais il fut vite attaqué par le jeune Uto balafré. Ce dernier faucha ses jambes, l'envoyant à terre, puis lui donna un coup sur la tête. Le garde s'effondra comme une marionnette dont on aurait coupé les fils.

Mais Siry y vit une ouverture. Dans leur lutte, les combattants s'étaient rapprochés du rebord de la falaise. S'il minutait bien son coup…

Il bondit, prenant le balafré par le poignet pour le faire pivoter sur lui-même, comme lorsqu'il s'amusait avec son père. Siry se servit de l'élan du géant pour le déséquilibrer et l'envoyer bouler. L'Uto tituba pour éviter de s'affaler à terre. Malheureusement pour lui, il ne put s'arrêter à temps. Son pied ne rencontra que le vide. Horrifié, il bascula, son autre genou rebondissant sur le rebord du précipice, et il disparut en poussant un grand cri.

Les Utos restants ouvrirent de grands yeux, choqués par la disparition de leur chef. Loque en profita pour donner un coup de matraque sur le crâne de l'un d'entre eux. Les assaillants se regardèrent, puis tournèrent les talons et s'enfuirent comme un seul homme.

Tous sauf Rena. Elle avait atteint la porte et glissait la clé dans la serrure.

Siry courut vers elle, la plaqua contre le panneau, puis l'entraîna en arrière. Elle finit par lâcher la clé lorsqu'il la fit tomber.

— Tue-la! cria Twig, enserrant toujours son bras blessé.

— Oui! Élimine-la! renchérit le garde couvert de sang.

Siry tomba à genoux, sa matraque à l'horizontale, pressée contre la gorge de la fille. Elle se débattait sous lui, cherchant à s'échapper.

— Tu as besoin d'aide? demanda le garde.

— Je m'en sors, répondit Siry en la maintenant au sol.

Son visage était à quelques centimètres de celui de Rena. Il leva la tête et vit les Utos battre en retraite.

— Suivez-les et assurez-vous qu'ils n'y reviennent pas!

Le garde ensanglanté acquiesça. Il semblait avoir repris ses esprits.

— Il a raison. Allons-y.

Il prit la tête, menant Loque et les autres dans la direction des fuyards.

Soudain, Siry et Rena se retrouvèrent seuls. Il était toujours assis sur elle, ses yeux à quelques centimètres des siens.

— Qu'est-ce qui t'a pris? murmura-t-il. Je t'ai sauvé la vie. Je voulais t'aider. Et tu m'as trahi, moi et tous les habitants de cette ville.

Rena eut un rire rauque.

– Faible, dit-elle. Penser, penser, penser. Parler, parler, parler. Faible.

Siry secoua la tête.

– Après tout ce que j'ai fait pour toi…

– Parler ? reprit-elle. Mots ? Livres ? Non ! Mots, vaut rien !

– Mais si tu refuses de réfléchir, tu ne sauras jamais ce que c'est que prévoir, attendre, croire !

– Dormir. Manger. Vivre. (Elle fit une pause.) Combattre !

Soudain, un couteau apparut dans sa main.

Mais Siry était plus fort et plus rapide qu'elle. Il prit son poignet, le tordit et lui arracha son arme.

Néanmoins, elle ne renonçait pas. Elle continua de se tortiller tout en cherchant à le mordre ou à le griffer. Il raffermit son emprise. Il sentait trembler la terre sous leurs corps alors que les grandes vagues s'écrasaient au pied de la falaise. Siry ne l'avait pas remarqué, mais maintenant, ils n'étaient plus qu'à quelques centimètres du bord.

Puis, tout d'un coup, elle cessa de se débattre. Son visage se figea. Elle le regarda avec des yeux vitreux.

– Déchets de la mer ? dit-elle doucement. (Elle passa son bras gauche dans le vide.) Juste déchets.

– Tu te trompes. Ça doit vouloir dire quelque chose.

Elle agita les doigts vers l'horizon.

– Là. Rien. Rien. La mer… rien que l'eau.

Et son corps s'affaissa, inerte, comme une poupée de chiffons. La matraque toujours contre sa gorge.

– Vas-y. Appuie fort. Bientôt plus respirer.

Il scruta ses yeux verts. Elle n'avait pas peur.

– Tu vois ? reprit-elle. Faible. Trop de mots.

Siry appuya un peu plus fort sur le bois, sentant ployer la peau de la fille. Tout ceci le rendait malade. Tout ce qui s'était passé aujourd'hui. Il avait l'impression de sentir chaque os brisé, chaque crâne fendu, chaque hurlement de douleur. Lorsqu'il était au cœur de la bataille, c'était ce qu'il avait fait de plus excitant de toute sa vie. Mais maintenant que tout était fini ?

Il se mit à trembler comme une feuille. Il se leva. Ses jambes étaient si faibles qu'elles pouvaient à peine le porter.

– Va-t'en, dit-il.

Rena ne dit rien, ne le remercia pas, ne le regarda même pas. Elle sauta sur ses pieds et partit en courant. En quelques secondes, elle disparut dans la jungle.

Les jambes de Siry cédèrent enfin, et il tomba à genoux. Ce simple geste lui coûta un immense effort. Il s'arrêta et passa sa tête par-dessus le bord de la falaise.

Au-dessous de lui, les vagues bouillonnaient et s'écrasaient sur un amas de rochers noirs. Il n'y avait pas la moindre trace de l'Uto qui était tombé dans le vide.

Au bout d'un moment, Siry reprit des forces. Il se leva et regarda autour de lui. Remarquant la clé gisant sur le sol, il la ramassa et la regarda fixement.

Il y avait quelque chose d'écrit sur le côté, des gravures, des lettres qu'il n'arrivait pas à déchiffrer. Qu'est-ce que cela signifiait ?

Il tint la clé dans sa main. Puis il se tourna vers la porte. C'était l'occasion rêvée ! Il allait enfin savoir. Il se dirigea dans cette direction. Il s'arrêta ensuite et resta planté devant le lourd panneau de métal. Il y avait bien longtemps qu'il imaginait ce moment, et maintenant qu'il était enfin venu, voilà qu'il hésitait. Et s'il n'y avait rien là-dedans ? Et si Rena avait raison ? S'il ne trouvait que quelques galeries noires, pleines de rats, de poussière et de toiles d'araignée ?

Finalement, il glissa la clé dans la serrure. Mais avant qu'il ait pu la tourner, une voix s'éleva derrière lui :

– Non !

Il se retourna. C'était son père qui secouait la tête.

– Non, mon fils. Pas encore. Un jour, peut-être, mais pas aujourd'hui.

Siry inspira profondément. Puis recommença. Encore et encore. Voilà un combat qu'il ne pouvait pas gagner. Pas maintenant. Laissant la clé dans la serrure, il tourna les talons et repartit vers le village.

Il entendit son père retirer la précieuse clé de son logement. Puis ils marchèrent côte à côte en silence le long du sentier qui les ramenait à Rayne. Lorsqu'ils atteignirent le village, les Utos avaient tous disparu.

Au bout d'une minute, un garde à la chemise déchirée, aux bras couverts de bleus, remarqua Siry. Il le désigna du doigt. Des têtes se tournèrent vers lui. Siry se demanda s'il allait devoir porter le responsabilité de l'assaut des Utos.

Mais non. Au contraire, les villageois l'acclamèrent.

CHAPITRE 8

Le lendemain, Rayne semblait de retour à la normale. L'attaque des Utos n'avait pas fait de victimes. Uniquement des plaies, des bosses et quelques commotions, mais rien de plus grave. Les Utos avaient battu en retraite au milieu des arbres en emportant leurs blessés. Siry alla à l'école comme si rien ne s'était passé. En classe, personne ne parla de l'assaut. Mais tout le monde avait un drôle d'air. Tous savaient que les talents de meneur d'hommes et l'esprit vif de Siry avaient sauvé le village. Mais il était aussi à l'origine de l'attaque. Tout le monde était au courant de l'un comme de l'autre fait. Personne ne savait que penser.

Lorsqu'il rentra chez lui après les cours, il sentit tous les yeux braqués sur lui. Mais personne ne s'adressa à lui. Pas un mot.

À chaque pas, Siry eut l'impression qu'un fossé se creusait entre lui et les habitants de Rayne. C'était comme s'il se trouvait au bord d'une falaise et qu'ils étaient de l'autre côté du gouffre. Tous sauf peut-être Loque et quelques-uns de ses amis.

Il sentit un nœud de colère se former au fond de son estomac.

***

Lorsqu'il atteignit sa cabane, Siry se rendit tout droit dans sa chambre, ramassa son précieux sac d'indices trouvés sur la plage et en vida le contenu sur le sol. Pour la première fois, il les regarda avec les yeux des autres villageois. Ce n'étaient pas des indices, mais des ordures. Des débris. Des rebuts. Des résidus bons pour la poubelle qui n'avaient rien en commun, ne signifiaient rien, ne valaient rien.

Il ramassa ses trésors, les remit dans le sac et partit d'un pas lent le long du sentier menant à la montagne. Lorsqu'il atteignit le sommet de la falaise, il s'assit au bord pour regarder l'océan. Il n'y avait rien, que cette masse liquide s'étendant à perte de vue. Rena avait peut-être raison. Peut-être n'y avait-il rien d'autre dans la vie que manger, dormir et se battre.

Il ouvrit le sac au-dessus du précipice et le retourna, jetant ses trésors à la mer. Ils tournoyèrent un instant dans les remous, puis disparurent sans un bruit.

Hier, lorsqu'il était venu ici, il n'était qu'un enfant. Lorsqu'il en était reparti, il était… pas encore tout à fait un homme. Mais presque. Tous ses rêves puérils de découvrir d'autres mondes – ce n'était que ça: des rêves. Rena avait raison. L'univers était bien plus dur et plus vide qu'il se l'imaginait.

Il resta là un long moment – jusqu'à ce qu'il eût l'impression désagréable d'être épié. Il se retourna d'un bond.

Son père se tenait à quelques mètres de lui. Il avait l'air triste.

– Qu'est-ce qu'il y a? demanda Siry.

– J'ai vu ce que tu as fait hier. Avec cette fille. Lorsque tu l'as laissée partir.

Siry rougit, puis haussa les épaules.

Jen Remudi s'approcha de son fils et regarda l'horizon.

– Tu n'as pas tort, fils, dit-il. Il y a bien quelque chose là-bas.

Siry ne répondit pas. Pour des raisons qu'il n'aurait su expliquer, il était furieux contre son père.

– Tu ne l'aurais pas laissée partir si tu ne croyais pas qu'il y avait quelque chose. Plus que *cela*.

Il désigna le ressac qui s'écrasait vainement sur les rochers.

– Qu'est-ce que tu racontes ? rétorqua Siry avec colère.

– Un grand combat fait rage. Un combat qui inclut tout ce que tu peux distinguer. Et bien plus encore.

Siry regarda la mer sans rien dire.

– Viens faire un tour avec moi, reprit son père. J'ai des choses à te dire.

CHAPITRE 9

Après cette longue conversation avec son père, Siry sentit sa tête tourner. Des Voyageurs. Des flumes. Des bonds dans le temps. Saint Dane. Tout ceci était incroyable, c'était le moins qu'on puisse dire. Pendant quatorze ans, personne n'avait rien voulu lui dire, et maintenant, *il savait*. Ce récit ressemblait à un autre conte de fées écrit pour travestir la vérité.

À la fin de cette conversation, Jen Remudi conclut que Siry serait bientôt « appelé ». Il ne savait même pas ce que ça voulait dire !

– Si ne serait-ce que la moitié de cette histoire est vraie, déclara Siry lorsque son père eut fini son monologue, ça veut dire qu'on n'a pas cessé de me mentir durant toute ma vie. Pourquoi ?

– Non, répondit son père en secouant la tête. Rares sont ceux qui savent ce qu'il en est vraiment.

– Je n'en crois pas un mot ! rétorqua Siry. Ce ne sont que des mensonges. Tu as inventé ce conte fantastique pour me faire croire qu'il y a plus que ce petit village ennuyeux et cette minuscule île.

– Fils, écoute-moi, je t'en prie. Je vais bientôt partir, et je ne veux pas que ce soit sur un désaccord. Un jour, un autre Voyageur arrivera peut-être, et il aura besoin de ton aide. Tu devras l'assister : ta destinée l'exige. Tu dois m'écouter…

– Je ne crois plus rien de ce que tu peux me raconter, rétorqua Siry.

Puis il tourna les talons et s'en alla.

***

Cet après-midi-là, Siry fit un tour sur la plage. Tandis qu'il évitait une vague en marmonnant, il vit quelque chose luire entre deux eaux.

Par habitude, il se pencha pour le ramasser. C'était un tube vert en forme de sablier, avec des mots gravés sur le matériau transparent. Ils étaient si usés qu'ils étaient impossibles à déchiffrer. Au fil des années, il avait trouvé bien des choses, qui pouvaient avoir une origine naturelle, mais pas cette fois-ci. Cet objet était forcément de fabrication humaine. Et certainement pas originaire de Rayne. Il n'avait encore jamais rien vu de tel.

Le haut était scellé par une sorte de bouchon flexible. Et il y avait quelque chose à l'intérieur, quelque chose qu'il pouvait à peine distinguer à travers le matériau vert rayé.

Il ouvrit le bouchon et en tira un bout de papier plié plusieurs fois. Il l'ouvrit soigneusement pour ne pas le déchirer.

Ses yeux s'écarquillèrent. C'était une carte. De Rayne… et plus encore.

Les mains de Siry se mirent à trembler. Il regarda vers l'horizon. Il n'y avait rien là-bas. Rien du tout… Non ?

Il revint à la carte et lut ce qui était écrit tout en bas : « JAKILL ».

Tout en fixant ce mot énigmatique, un plan commença à prendre forme dans son esprit. Il avait hâte d'en parler à Twig, Loque et les autres. Mais en y réfléchissant, il se dit que Rena avait raison sur un point. Les idées, les mots et les livres ne suffisaient pas. Cette fois, il ne se contenterait pas de parler. Cette fois, il allait *agir*.

Cette fois, tout serait différent.

PATRICK MAC

CHAPITRE 1

– De la curiosité. Un sens de l'ordre. La passion du savoir. (Patrick Mac parcourut des yeux ses élèves.) Pour devenir un grand bibliothécaire, il faut avoir la vocation et comprendre l'importance de votre mission. Parce que vous devrez affronter des circonstances extraordinaires, des défis qui…

Jay Oh, l'un de ses meilleurs élèves – mais également l'un des plus dissipés –, l'interrompit :

– Oui, comme de tout faire pour ne pas mourir d'ennui !

Patrick fronça les sourcils :

– Voyons, Jay, je ne plaisante pas ! affirma-t-il de son ton le plus sévère.

Mais il devait bien s'avouer que, parfois, il se demandait si Jay n'avait pas raison. Patrick aimait enseigner et travailler en tant que chercheur dans la bibliothèque la plus grande du monde. Pourtant, il lui arrivait de se dire : « Alors c'est tout ? » N'était-il sur cette terre que pour ça ? Il était bon dans son travail. Très bon, même. Mais parfois, farfouiller dans des ordinateurs bourrés de faits et de personnages issus du passé – ou apprendre à de plus jeunes comment exploiter ces mêmes ordinateurs – ne lui semblait pas si important que ça.

Ce n'était pas comme si l'avenir du monde dépendait de la bribe d'informations antédiluvienne qu'il pouvait déterrer. Il disait à ses élèves qu'il fallait comprendre l'importance de leur mission. Mais lui-même en était-il si convaincu ? Dans le temps, il y croyait dur comme fer. Maintenant, il n'en était plus si sûr. Peut-être était-ce *lui* qu'il cherchait à persuader.

Alors qu'il tentait de reprendre le fil de son raisonnement, on frappa à la porte de sa salle de classe. Le panneau s'entrouvrit. Patrick put voir un œil d'un vert brillant regarder par l'interstice. Dans tout le bâtiment, il n'y avait qu'une seule personne qui avait des pupilles de cette couleur. C'était la directrice de la bibliothèque de New York elle-même.

– Monsieur Mac ? fit la voix de la directrice. Puis-je vous dire deux mots ?

***

Patrick inspira profondément. Dans le bureau de la directrice de la bibliothèque, l'air était imprégné d'une fragrance bien particulière – l'odeur des vieux livres, de l'histoire, du génie de l'espèce humaine. Depuis cinq mille ans, ce bâtiment était voué à amasser et conserver tout le savoir accumulé depuis des siècles. Et voilà qu'il se retrouvait dans le bureau de la directrice en personne ! Il ne pouvait que s'enorgueillir de l'honneur qu'elle lui faisait.

La directrice était une petite femme desséchée aux longs cheveux blancs. Elle lui décocha un sourire pincé.

– Il y a un problème.

Patrick Mac se redressa sur sa chaise. Avait-il commis une erreur ? Cela faisait maintenant des années qu'il enseignait à l'école de la bibliothèque de New York, et il restait au rang de novice. Malgré ses dons naturels pour ce travail, les membres les plus anciens de l'administration lui faisaient encore sentir son manque d'expérience.

– Je suis désolé, dit-il. Qu'ai-je fait ?

– Vous ? Ai-je dit que vous aviez fait quelque chose ?

– Eh bien, j'ai cru...

La directrice l'interrompit d'un geste de la main.

– Ne croyez pas cela.

Elle désigna une rangée de volumes alignés sur les étagères de la grande pièce aux murs recouverts de boiseries. La plupart des livres originaux de la bibliothèque étaient gardés dans des salles profondément enfouies sous la terre, mais quelques-uns étaient exposés dans le bureau de la directrice.

– Notre collection comprend certaines des pièces les plus rares, les plus précieuses et les plus belles qui soient. La Bible de Gutenberg, les manuscrits de Nag Hammadi, les premiers textes de Shakespeare... Je pourrais continuer pendant des heures.

Patrick Mac savait déjà tout ça. Bien sûr, tous ces livres avaient été scannés et numérisés, et les informations qu'ils contenaient étaient enfouies dans les ordinateurs de la bibliothèque. Mais en tant qu'objets, ces livres avaient une valeur supérieure à leur contenu. Ils instauraient un lien direct avec l'histoire des peuples de la Terre.

– Patrick, certains de nos livres ont disparu, déclara la directrice.

Patrick fronça les sourcils.

– Disparus ? Comment est-ce possible ?

– On les a volés.

Patrick ouvrit de grands yeux. Volés ! Ce mot lui-même avait quelque chose de démodé. On ne volait plus rien. Bien sûr, de temps en temps, un gamin piquait le déjeuner d'un autre pour lui faire une mauvaise blague. Mais ils vivaient dans un monde d'abondance où la pauvreté avait été éradiquée, où personne n'était pourchassé. Nul n'avait la moindre raison de voler quoi que ce soit.

– Mais… pourquoi ?

La directrice secoua la tête :

– J'espérais que vous pourriez nous le dire.

Patrick avala sa salive.

– Vous croyez que c'est moi qui…

– Ne dites pas de bêtises ! rétorqua la directrice avec colère.

– Alors pourquoi moi ?

– Pour deux raisons. Il y a bien longtemps, lorsque violer la loi était monnaie courante, il existait des gens dont le métier était de résoudre les crimes.

– Des policiers ! répondit Patrick avec enthousiasme.

Lorsqu'il était enfant, il dévorait de vieux récits consacrés aux exploits de ces combattants du crime.

– Des limiers, des enquêteurs, des détectives privés…

– Inutile de chercher à m'impressionner par l'étendue de votre vocabulaire, Patrick, fit sèchement la directrice.

Patrick s'éclaircit la gorge.

– Oui, oui, bien sûr. Excusez-moi.

– Jusque-là, vous vous êtes distingué par votre capacité à déterrer toutes les informations essentielles.

– Merci, Madame la directrice.

– Ce don peut – je répète, *peut* – nous servir à moment donné.

– Oh, oui !

La directrice fronça les sourcils. Tout le monde savait qu'elle avait horreur des démonstrations d'émotion.

– Pardon, reprit Patrick avant de froncer à son tour les sourcils. Vous avez dit avoir *deux* raisons de désirer que j'enquête sur ces vols.

– C'est vrai.

Patrick attendit.

– Je suis désolée de devoir vous le dire, reprit la directrice, mais il semblerait que le voleur soit un de vos élèves.

– Ce n'est pas possible ! s'écria Patrick.

– J'ai bien peur que si. Comme vous le savez, les étudiants disposent de codes qui leur permettent d'accéder à certaines sections de la bibliothèque. Le voleur ou la voleuse a pu altérer ses codes afin de pouvoir entrer et sortir du bâtiment sans être identifié. Mais il ou elle ignorait que chaque code d'accès contient également des informations relatives au groupe ou à l'organisation dont il dépend. Et celui-ci nous a mené tout droit à votre classe.

– Et les vidéos ? Il y a des scanners visuels aux quatre coins de la bibliothèque, non ?

– Bien sûr.

– Alors on devrait pouvoir identifier le coupable.

– Malheureusement, ce n'est pas le cas.

– Pourquoi ?

– On a… modifié les fichiers des hologrammes enregistrés. L'identité du voleur a été effacée.

Effacée ? Comment était-ce possible ? Patrick décida de ne pas insister.

– Mais, et les livres eux-mêmes ? Le voleur doit bien en avoir fait quelque chose, non ? Il les a donnés à quelqu'un, les a rangés, les a vendus, les a partagés...

– Non.

Patrick la regarda avec curiosité.

– En ce cas...

– Il les a brûlés.

Une vague d'horreur submergea Patrick. Brûler des livres ! Dans toute la bibliothèque, il n'y avait pas un seul volume qui n'ait pas au moins deux mille ans. Il y avait des lustres qu'on n'avait cessé d'en imprimer. Même les plus triviaux étaient des artefacts précieux issus d'une époque révolue.

– Mais c'est de la folie !

La directrice acquiesça.

– Alors... j'en conclus que vous voulez que je mène l'enquête ?

Un instant, la directrice sembla troublée.

– Oh. Bonté divine, non ! Je crains que vous m'ayez mal comprise.

– Mais je croyais que vous aviez dit...

– Si je vous ai fait venir, c'est pour vous annoncer qu'un officier de police, le sergent Lane, va venir dans votre classe aujourd'hui même. Je voulais m'assurer que vous vous montreriez coopératif.

L'enthousiasme de Patrick fut aussitôt douché. Il avait cru qu'on lui confierait une tâche excitante – enquêteur ! limier ! inspecteur ! Mais il fallait croire que non.

– Oh, dit-il.

– Vous êtes déçu, remarqua la directrice.

Patrick eut un soupir.

– Non, c'est que… eh bien, quand vous avez commencé à parler d'enquête…

– Je comprends. (La directrice eut un sourire bienveillant.) Vous êtes un excellent professeur et un bon bibliothécaire. Nous vous en sommes très reconnaissants. Mais ne nous laissons pas emporter.

Patrick fit remarquer qu'il était temps de regagner son prochain cours.

– Eh bien, je ferais mieux d'y aller.

– Ouvrez l'œil, et le bon, Patrick.

– Je n'y manquerai pas.

CHAPITRE 2

Patrick descendit lentement le vestibule jusqu'à l'ascenseur qui le déposerait au niveau moins vingt-six, où son cours ne tarderait pas à commencer. Cela faisait maintenant cinq ans qu'il était enseignant, et ce métier lui plaisait. Il aimait ses élèves et son travail. Pourtant, il lui manquait encore quelque chose. Sa vie suivait son cours sans qu'il se passe quoi que ce soit de vraiment enthousiasmant, qui lui fasse sentir qu'il y avait d'autres enjeux plus importants.

Ses élèves étaient de bons petits. Parfois, il avait l'impression qu'ils auraient très bien pu se passer de lui. C'étaient eux qui faisaient tout le travail. Ils se connectaient à leurs ordinateurs, et ceux-ci leur donnaient des exercices à faire à une cadence déterminée par les programmes décidés et analysés par ces mêmes ordinateurs. Bien sûr, Patrick donnait ses cours quotidiens. Bien sûr, il aidait ses élèves lorsqu'ils tombaient sur un programme non prévu par les logiciels d'enseignement.

Mais en vérité, avaient-ils vraiment besoin de lui ? Parfois, il avait l'impression de n'être qu'un baby-sitter amélioré.

Ce dont il avait besoin, c'était de nouveaux défis !

Mais où les trouver ? Parfois, il aurait souhaité être né quelques milliers d'années plus tôt, lorsqu'il pouvait encore vous arriver malheur, lorsque les gens avaient de vrais problèmes qui demandaient de la force, du courage et de la ténacité pour les surmonter. Aujourd'hui, tout était parfait, facile et sans danger.

En d'autres termes : d'un ennui mortel.

En s'approchant de la salle, il vit un homme qui se tenait à côté de la porte. Ses vêtements étaient tout à fait normaux – à l'exception d'une mince bande dorée sur chaque épaule. Elle lui rappelait la tresse dorée que portaient les soldats et la police des temps révolus. Patrick vit que la bande se composait de petits chiffres – une série de 9.

– Bon sang ! s'exclama Patrick. Vous faites partie de l'unité 9 !

L'homme se retourna et eut un sourire confiant. Il avait un beau visage lisse avec une mâchoire carrée et des yeux bruns. Il ressemblait à un acteur de vids.

– Je plaide coupable, dit-il avec un clin d'œil. Sergent Eric Lane, à votre service.

– L'unité 9 !

Patrick n'arrivait pas à en croire ses yeux. Les vids regorgeaient d'histoires racontant les exploits de l'unité 9, une section ultrasecrète des Forces de police globales.

– J'ai toujours cru que c'était une fiction !

– Vous n'êtes pas le seul, répondit le sergent Lane, et c'est mieux ainsi. Comme ça, les méchants se tiennent à carreau.

Il fit semblant de décocher un coup de poing qui s'arrêta à quelques centimètres du visage de Patrick.

– Eh là! s'écria Patrick en faisant la grimace. Un instant, j'ai cru que vous alliez me frapper!

Le sergent Lane eut un rire chaleureux. Il avait une voix de baryton aux sonorités puissantes.

– J'imagine qu'on vous a prévenu?

– Prévenu? répéta Patrick, brièvement surpris. Oh, oui. La directrice m'a dit que vous viendriez.

– Magnifique! s'exclama le sergent Lane, puis il désigna la porte : il est temps de s'y mettre, non?

Patrick entra dans la salle :

– Veuillez regagner vos places.

Sa classe se composait de sept filles et sept garçons, tous âgés de quinze ans. Ils grommelèrent avec bonne humeur tout en s'asseyant.

Patrick leur expliqua qu'aujourd'hui, ils avaient un invité, le sergent Lane de l'unité 9. Ce qui provoqua quelques murmures.

Le sergent Lane vint se placer devant la classe et dit :

– Je vais vous poser quelques questions. Des objets ont disparu de la bibliothèque, et on m'a chargé de les retrouver. (Il scruta la salle. Patrick se demanda ce qu'il pouvait bien attendre. Il croyait que l'enquêteur se serait adressé à chaque élève en particulier.) Est-ce que quelqu'un voit de quoi je veux parler? Quelqu'un sait-il où peuvent se cacher ces objets manquants?

Tout le monde ouvrit de grands yeux.

Il y a peu, le sergent Lane paraissait plein de confiance, mais maintenant, il semblait surtout mal à l'aise.

– Hum? Quelqu'un? Personne ne veut m'aider?

– Qu'est-ce qui a disparu? demanda Em Stickler, une fille svelte aux cheveux blonds coupés court.

Le sergent Lane s'éclaircit la gorge.

– J'ai bien peur de ne pas être autorisé à le dire. (Il scruta de nouveau la pièce.) Toujours personne ?

Patrick Mac était un peu plus circonspect. Il avait lu bien des vieux livres concernant les enquêtes criminelles. Et de tous les détectives qu'il connaissait, pas un seul n'aurait procédé comme le sergent Lane.

– Eh bien… si vous ne nous dites pas ce qui a disparu, remarqua Jay Oh, comment peut-on déterminer si on sait ce qui lui est arrivé ?

Le sergent Lane se tourna vers Patrick.

– Aidez-moi un peu. Ces gamins n'ont pas l'air très coopératifs.

Patrick sourit nerveusement.

– Il serait peut-être judicieux de les interroger individuellement, vous ne pensez pas ? Comme ça, vous pourrez comparer leurs dépositions et voir si elles concordent.

Le sergent Lane se gratta la tête d'un air peu convaincu.

– Heu… oui, oh, c'est vrai, ce doit être… d'accord, allons-y.

Il parcourut la salle des yeux comme s'il cherchait un endroit où interroger les élèves.

– Il y a une pièce libre juste à côté. Je peux vous les y amener un par un si vous voulez.

– Magnifique ! s'exclama le sergent Lane. En ce cas, je serai dans la pièce d'à côté.

Sur ce, il tourna les talons et quitta la salle.

Les élèves échangèrent des regards perplexes.

***

À la fin du cours, après avoir interrogé chaque élève, le sergent Lane dit à Patrick :

– Eh bien, ça s'est fort bien passé ! Fort bien en effet !

Patrick remarqua qu'il transpirait abondamment comme si quelque chose le rendait nerveux.

– Qu'avez-vous découvert ?

– Découvert ? (L'enquêteur cligna des yeux.) Heu… Eh bien… Pas grand-chose. (Il sourit, dévoilant des dents blanches et régulières.) Mais il ne faut pas s'attendre à faire des merveilles au premier interrogatoire.

– Ah. D'accord.

Sa conduite étonnait Patrick. Dans tous les romans policiers qu'il avait lus, l'enquêteur découvrait toujours beaucoup d'indices en interrogeant les suspects.

– Merci… heu… d'avoir pensé à aller dans une salle à part. Ça ne me serait pas venu à l'esprit.

Patrick fronça les sourcils :

– Vraiment ? Comment faites-vous d'habitude ?

Le sergent Lane fixa le sol d'un air penaud.

– D'habitude ? (Il s'éclaircit la gorge.) En fait, c'est ma première grande affaire.

– Depuis combien de temps faites-vous partie de l'unité 9 ? demanda Patrick surpris.

– Cela fera douze ans le mois prochain.

Patrick ouvrit de grands yeux ronds.

– Et vous n'aviez encore jamais mené d'enquête ?

Le sergent Lane prit un air outré :

– Bien sûr que si ! C'est juste ma première *grande* enquête !

– Heureux de l'apprendre. Je croyais…

– En fait, je suis crédité de *neuf* arrestations. (L'enquêteur acquiesça d'un air sage.) Mais je n'oublierai jamais la première. (Il fronça les sourcils, perdu dans ses pensées.) Un gamin de six ans. Il avait volé le communicateur de son prof. J'ai passé trois mois sur cette enquête. Très instructif, oui, très instructif.

Patrick tenta de cacher sa consternation. Quelqu'un dérobait des volumes inestimables dans la bibliothèque, et le meilleur policier qu'ils avaient trouvé n'avait jamais enquêté que sur un gamin ayant piqué un gadget quelconque ? !

– Bien sûr, ajouta le sergent Lane, je suis aussi venu à bout de plusieurs simulations de qualité. L'une d'entre elles était magnifique ! Je devais démasquer un réseau de trafiquants d'armes qui fournissaient des terroristes en... (Son sourire se fana.) Bien sûr, cette simulation avait plusieurs milliers d'années, puisque nous n'avons plus d'armes. Ni de trafiquants. Ni de terroristes. Ni...

Patrick n'était tout à coup plus si sûr que cet homme soit à même de résoudre ce vol. S'il n'était pas mieux informé, il aurait pensé qu'on lui faisait une blague.

– Mais vous êtes sûr de pouvoir venir à bout de cette affaire ?

Le sergent sourit de toutes ses dents.

– L'unité 9 l'emporte toujours !

Il semblait avoir retrouvé confiance en lui.

– Bien, répondit Patrick. (Il hésita. Une question le tracassait.) La bibliothèque est truffée de caméras de surveillance. Pourquoi n'a-t-on pas de vidéo des vols ?

Le policier le regarda avec sévérité.

– Voilà une information que je n'ai pas le droit de divulguer. C'est top secret.

– Je veux dire, s'ils ont effectivement été enregistrés, vous devriez pouvoir éviter tout ce cirque, non ?

Le sergent Lane ne répondit pas. Il avait l'air de plus en plus irrité.

Mais Patrick ne put se retenir. Il était trop curieux de savoir ce qui se passait.

– D'après vous, cela vaut peut-être la peine que j'interroge moi-même les élèves ?

Le sergent Lane tendit une main, la paume en l'air.

– C'est bon, c'est bon, venez par là, Pat. Je sais que vous voulez m'aider. Mais il faut laisser faire les professionnels.

Patrick avait horreur qu'on l'appelle « Pat ».

– Je me suis dit…

Le visage du policier se durcit. Patrick ne put s'empêcher de penser qu'il devait avoir répété cette expression devant son miroir.

– Rendez-moi service, Pat. N'y pensez pas. Je m'en charge.

Patrick plissa le front.

Le sergent Lane virevolta et s'élança dans le couloir d'un pas vif.

– Heu… Sergent ? lança Patrick.

Le policier s'arrêta et se retourna.

– C'est un cul-de-sac, reprit le bibliothécaire. Prenez plutôt la direction opposée.

– Je le savais ! répondit Lane en revenant sur ses pas.

Ses chaussures cliquetèrent sur le sol jusqu'à ce qu'il ait disparu.

CHAPITRE 3

Plus tard dans l'après-midi, Patrick alla frapper à la porte du bureau de la directrice.

— Madame? demanda-t-il en passant la tête par l'entrebâillement. Désolé de vous déranger, mais... j'ai rencontré cet enquêteur. Et j'avoue qu'il ne m'a pas fait très bonne impression.

La directrice détourna les yeux de l'écran holographique qu'elle étudiait et lui lança un regard noir.

— Il m'a pourtant semblé très professionnel.

— Oui. Jusqu'à ce qu'il se mette au travail.

— Il fait partie de l'unité 9! Je suis sûre qu'il a ses méthodes.

— Si c'est le cas, il les dissimule bien.

— Que voulez-vous exactement? demanda la directrice en plissant les yeux.

— Participer à l'enquête.

— Patrick, répondit-elle en fronçant les sourcils, vous avez beaucoup à faire. Vous voulez jouer les détectives tout en assurant vos cours et vos fonctions à la bibliothèque? Non, je crains de ne pouvoir l'autoriser.

— Mais...

La directrice regarda l'horloge holographique projetée au-dessus de son bureau.

– Vous n'êtes pas censé examiner le nouveau programme de catalogage en ce moment ?

– Oui, Madame.

– Alors vous feriez mieux de vous y mettre. Ce projet a déjà assez de retard comme ça.

La directrice tourna la tête vers son écran, le renvoyant sans dire un mot.

Patrick referma silencieusement la porte et partit. La bibliothèque publique était une organisation très ancienne et traditionnelle. Il fallait se conformer au règlement et respecter l'autorité. Certaines lignes immatérielles ne devaient pas être franchies. On faisait ce qu'on vous disait de faire.

Il se laissa tomber sur sa chaise avec un soupir. Toute cette histoire était absurde. Il avait vu leur soi-disant policier à l'œuvre. Ce type ne savait pas ce qu'il faisait. Mais il ne pouvait pas vraiment l'en blâmer. Comme il n'y avait plus de crimes, un enquêteur pouvait difficilement apprendre son métier.

Pendant que Patrick réfléchissait, deux de ses élèves entrèrent – Em et Jay.

– Bon, dit Jay, ce type de l'unité 9 est un vrai clown, non ?

Jay était de loin le plus sarcastique de toute sa classe.

En tant que symbole de l'autorité, Patrick crut de son devoir de défendre le policier.

– Eh bien, je suis sûr qu'il découvrira le fin mot de cette histoire.

– Ben voyons, railla Jay.

– J'avoue qu'il ne m'a pas fait très bonne impression, admit Em.

Ces deux-là étaient les meilleurs élèves de toute l'école de la bibliothèque, mais leurs personnalités étaient on ne peut plus différentes. Là où Jay était brusque et prompt à la contradiction, Em était calme et réfléchie.

– Comment ça ? demanda Patrick.

– Eh bien... (Elle semblait chercher une façon de présenter les choses avec tact.) Il a posé toute une série de questions vagues et inutiles. Et je ne vois toujours pas où il voulait en venir.

– Ce qu'elle veut dire, intervint Jay, c'est que ce type est un idiot.

– Hé, pas si vite ! s'écria Patrick. Il fait partie de l'unité 9. Je suis sûr que...

– Tout ce que je veux dire, reprit Em, c'est que je n'ai pas compris sa façon de procéder. Ni même ce qu'il cherchait exactement.

– Oui, renchérit Jay, qu'est-ce qui a disparu ? Pourquoi tous ces mystères ?

– Je ne sais pas ce que je suis censé répondre à ça, admit Patrick.

Jay leva les yeux au ciel.

– On peut peut-être servir à quelque chose ? proposa Em.

– Tout ce que je suis habilité à vous dire, admit Patrick, c'est qu'on a volé quelque chose à la bibliothèque. Et il semblerait que ce soit un membre de votre classe qui ait fait le coup.

– C'est forcément un livre, non ? insista Jay. Oui ? Non ? On a piqué la Bible de Gutenberg ?

– Je ne peux vous le dire.

Em écarquilla les yeux :

– C'est vrai ? On a volé la Bible de Gutenberg ?

– Ne dis pas de bêtises.

– Alors quoi ? renchérit Jay. La première édition du *Soleil se lève aussi* ? Le manuscrit de la Déclaration d'Indépendance de Jefferson ?

– Non, juste… Des livres.

– Aha ! rétorqua Jay. C'est donc bien des livres !

Patrick se sentit rougir.

– Je n'ai pas le droit d'en parler.

– Nous voulons juste vous aider, précisa Em. Rien de plus.

– Je comprends, répondit Patrick.

– Plus on en saura, plus on sera utile.

Maintenant, Patrick avait l'impression de se retrouver dans le rôle de la directrice.

– Ne vous inquiétez pas, l'enquête suit son cours.

Em et Jay échangèrent un regard sceptique.

– C'est bon, c'est bon ! râla Jay. On ne va pas insister lourdement !

Ils s'en allèrent tous les deux. Patrick déploya son écran holographique et fit dérouler le programme d'analyse. Mais il n'arrivait pas à se concentrer. C'était un pur travail de routine, pas très enthousiasmant. Il ne voulait pas l'admettre, mais il s'ennuyait vraiment.

Finalement, il regarda autour de lui pour s'assurer qu'il n'y avait personne, puis s'adressa à l'écran :

– Ouvrir tous les fichiers sécurité de la bibliothèque.

L'ordinateur lui répondit qu'il n'avait pas les autorisations nécessaires. Quoi que puissent dire les anciens sur son prétendu manque d'expérience, tout le monde savait que si on voulait une information, il suffisait de la demander à Patrick Mac. Il avait accès aux moindres coins et recoins de la bibliothèque. Il lui fallut moins de trois minutes pour se frayer un chemin dans les fichiers de sécurité.

– Ouvrir caméras de sécurité.

Plusieurs vues de la bibliothèque apparurent, flottant dans l'air au-dessus de son bureau.

– Passer en revue les consultations non autorisées au cours des trente derniers jours.

Sur l'écran clignotèrent trois titres de livres. Sous chacun d'entre eux, il y avait une liste de dates, d'heures et d'images.

– Montrer vues séquentielles pour le premier, demanda Patrick.

Une image représentant une salle remplie de livres émergea dans les airs. Tout d'abord, rien ne se passa. Puis une silhouette fit son apparition, s'empara d'un volume et sortit de la pièce. Patrick cligna des yeux. « Non, ce n'est pas possible ! »

La seconde prise de vue montrait un immense vestibule. Une femme que Patrick ne reconnut pas s'y engagea. Il eut un soupir de soulagement. Il préférait ça. Au moins, c'était un être humain. Et ce n'était pas un élève de sa classe. Mais il eut un choc : la silhouette d'origine réapparut, parcourant le vestibule d'un pas vif.

– Avance rapide ! dit Patrick.

Cette même silhouette réapparut sur des holo-grammes en succession rapide, filant à travers la biblio-thèque, le volume dérobé sous son bras.

– Montrer tout, reprit-il. En accéléré.

La silhouette revint une fois de plus. Dans chacune des trois vidéos, elle dérobait un livre et s'en allait par la grande porte qui s'ouvrait sur la Cinquième Avenue. Et là, elle mettait le feu au précieux volume.

– Arrêt sur image !

La projection se figea sur la dernière image de la dernière vidéo. Patrick la fixa longuement. Il n'y comprenait rien.

La silhouette qui dérobait les livres n'était pas humaine. En fait, elle n'était même pas *réelle*. C'était un personnage de dessin animé.

D'après ses connaissances en art et en histoire, Patrick put l'identifier : il devait avoir été dessiné au cours du XXe siècle. C'était une petite créature trapue avec un sourire malicieux et de drôles d'excroissances qui ressemblaient à des plumes saillant sur sa tête.

– Vision à 360 degrés, dit Patrick.

Les scanners holographiques de la bibliothèque pouvaient filmer un objet sous tous les angles. Elles n'avaient rien à voir avec les caméras de l'ancien temps – un objectif devant un appareil enregistreur. Il y avait de petits capteurs installés aux quatre coins d'une pièce donnée qui enregistraient tout ce qui s'y passait. En conséquence, il était possible d'assembler informatiquement les images et prises de vue sous n'importe quel angle. Ils couvraient également toute la gamme du spectre, des infrarouges à l'ultraviolet, afin de pouvoir filmer même dans le noir absolu.

L'image pivota lentement. Bizarrement, le personnage de dessin animé semblait être parfaitement tridimensionnel, aussi solide et réel que tout ce qui se trouvait dans la pièce.

– Quelqu'un s'est introduit dans les fichiers de sécurité, chuchota-t-il.

Dieu sait comment, l'image du voleur avait été remplacée par ce personnage grotesque.

– Scanner les possibilités de piratage ? demanda l'ordinateur.

– Oui.

Il y eut une longue pause. Puis un message clignota sur l'écran :

– Image d'origine.

– Effectuer un scan de détection de niveau six.

– Je me dois de vous informer qu'un scan de niveau six nécessitera l'emploi de ressources inhabituelles en provenance du terminal central...

– Je sais, rétorqua Patrick. Fais-le tout de même.

– Autorisation du niveau de la direction requise.

Patrick inspira profondément. Il savait comment invoquer une autorisation directoriale. L'ordinateur était censé accepter la voix de la directrice et nulle autre. Mais Patrick avait stocké un échantillon de sa voix. Au cas où.

Ses mains tremblaient légèrement. Il ne pouvait pas y arriver juste en parlant à l'ordinateur. Il devait passer par le clavier. La majorité des bibliothécaires ne prenaient même plus la peine d'apprendre la dactylographie. Ils se contentaient des commandes vocales.

Patrick invoqua le clavier holographique et pianota une série de commandes.

– Scan de détection niveau six autorisé, dit l'ordinateur.

Soudain, les lumières diminuèrent et la projection holographique se réduisit jusqu'à n'être plus qu'un petit point brillant suspendu au-dessus de son bureau avant de s'éteindre en un ultime clignotement. Patrick écarquilla les yeux. Il n'avait encore jamais lancé de scan de détection de niveau six. Ils ne plaisantaient pas en disant qu'ils détournaient pas mal d'énergie. Tout le bâtiment s'était mis en veilleuse. Patrick avala sa salive. Quelqu'un allait s'apercevoir de ce qu'il avait fait. Il allait au-devant de gros ennuis.

Les lumières revinrent peu à peu, mais pas les projections. Patrick compta les secondes. Cinq, dix, quinze, vingt... trente !

Soudain, la projection réapparut.

— Pas de modification détectée, dit la voix calme de l'ordinateur.

— C'est impossible ! s'écria Patrick. Quelqu'un a forcément altéré ces images !

— Non, reprit l'ordinateur. Les trois vidéos sont toutes d'origine.

— Oh, arrête ! C'est un personnage de dessin animé avec une drôle de crête sur la tête. Ce n'est pas possible. Il n'est pas réel.

— Je ne sais que répondre, déclara l'ordinateur.

— Bien sûr ! C'est parce que tu n'es qu'un bête ordinateur !

— Je ne sais que répondre.

— Quelqu'un a piraté les fichiers. Quelqu'un de *vraiment* bon.

L'image du personnage de dessin animé s'éleva au-dessus du poste de travail comme pour se moquer de lui.

« Eh bien, se dit-il, je comprends qu'on ait fait appel à l'unité 9. » C'était vraiment incompréhensible.

Dommage que son envoyé ne semblât pas savoir ce qu'il faisait.

Patrick regarda les titres des volumes volés à la bibliothèque.

– Recherche corrélations entre les trois livres, dit-il.

– Tous sont des premières éditions, écrits et imprimés aux États-Unis au début du XXe siècle. Ils sont tenus pour être les livres pour enfants les plus populaires de leur époque.

– Quoi d'autre ?

– Chacun est imprimé sur un papier en fibres de coton et fait entre cent et deux cent cinquante pages. Leur nombre moyen de phrases se situe entre...

– C'est bon, c'est bon, ça suffit ! (Patrick réfléchit une minute.) Analyse de corrélations. Mettons que le voleur va dérober un autre livre. Lequel choisirait-il ?

– En admettant que les facteurs considérés précédemment soient décisifs dans son choix, il y a une probabilité de 89 % que le prochain soit *Le Magicien d'Oz* de L. Frank Baum.

– Et où se trouve ce livre ?

– Niveau moins 39, section E, chambre 191, étagère 231.

– Les vols correspondent-ils à un schéma temporel ?

– Tous ont eu lieu entre 19 et 20 heures un mercredi ou un jeudi.

Patrick haussa un sourcil. Mercredi. C'était ce soir !

Il pianota sur son bureau. Finalement, il prit la parole :

– Fermer la fenêtre. Enregistrer toutes les données vidéo dans un dossier intitulé « Mes vacances de ski dans le Colorado ». Falsifier la date pour mettre celle de mon dernier voyage dans le Colorado. Effacer toutes les transactions de cette session.

– Ce n'est pas autorisé.

– Fais-le quand même.

– Je ne sais que répondre.

– Reprise de contrôle. Utiliser la séquence 9-7-7-1-3.

Il y eut un bref silence. Puis l'ordinateur dit :

– Dossiers de transaction effacés. Session clôturée.

Patrick se leva. Ses mains tremblaient.

« Qu'ai-je fait ? se demanda-t-il. C'est de la folie ! Ça ne me ressemble pas. Ça ne me ressemble pas du tout. »

Puis il dut s'asseoir : ses jambes menaçaient de le lâcher.

Il resta assis un moment, laissant le silence l'envelopper. Un rugissement emplit ses oreilles et un rideau gris s'abattit sur son champ de vision. Il posa sa tête entre ses mains.

Au bout d'une minute, sa vision s'éclaircit et le rugissement se tut. Il regarda l'horloge : 18 h 45 ! Comment pouvait-il être si tard ?

Lorsqu'il se releva, une sonnerie s'éleva de son unité de communication. Il la retira de sa ceinture et consulta le petit écran. Un appel de la directrice. Des lettres rouges clignotaient. URGENT. URGENT. URGENT. Patrick inspira profondément. « Que dois-je faire ? » Au bout d'un moment, il appuya sur le bouton *off*.

– Oups, dit-il, on dirait que j'ai éteint mon communicateur. Simple accident, bien sûr.

Il se leva, le cœur battant, et traversa le couloir au pas de course pour gagner l'ascenseur. Il s'arrêta, se retourna et alla dans son bureau.

Sur le plan de travail, il y avait une petite bande rouge d'un matériau flexible, un collier qu'il venait d'acheter pour son chat, Constant. Comme l'ancien était tout élimé, il s'en était procuré un autre. Il le fourra dans sa poche, tourna les talons et ressortit de la pièce.

« Je n'arrive pas à croire que je vais faire ça, se dit-il. Non, je n'arrive pas à y croire. »

CHAPITRE 4

Les étages supérieurs de la bibliothèque publique de New York avaient un côté grandiose qui reflétait l'âge et l'importance de cette institution. Mais dès qu'on gagnait les niveaux souterrains où étaient archivés les livres, le décor devenait aussi gris, morne et étroit qu'un entrepôt. Chaque salle basse de plafond contenait d'interminables rangées d'étagères, toutes remplies de vieux livres.

L'air était frais avec un relent amer. Dans des circonstances normales, avec le temps, les livres finissaient par tomber en poussière. Mais dans ces sous-sols, l'air était filtré et saturé de produits chimiques les protégeant des moisissures, des bactéries et des insectes susceptibles de dévorer et détruire ces vieux papiers. Dans un tel environnement, les livres pouvaient durer éternellement, du moins en théorie. Même la lumière était volontairement tamisée, ne s'allumant que lorsqu'on entrait dans une pièce afin que ses rayons ne dégradent pas les pages ou les reliures. Là où on rangeait les volumes les plus précieux, cette même lumière était d'un rouge sinistre, les fréquences inférieures étant moins destructrices.

Patrick avait fini par aimer cette pénombre, ces couloirs étroits et l'odeur du vieux papier. Mais maintenant que ce décor pouvait être le théâtre d'un crime, les rangées d'étagères en devenaient angoissantes. Tous ces livres étaient conservés plus pour leur valeur historique que pour les informations qu'ils contenaient. Quiconque voulait les consulter avait tout intérêt à le faire sur l'écran holographique. Il y avait des sections de la bibliothèque où personne n'avait mis les pieds depuis des années.

Patrick se sentit soudain bien seul.

Il partit d'un pas vif entre les étagères, se dirigeant vers la chambre 191. Bien qu'on l'appelât la « chambre », elle était grande comme un terrain de basket. Cela lui prit un certain temps, mais il finit par la trouver. La porte s'ouvrit dans un sifflement pneumatique. L'intérieur était noir comme de l'encre.

Patrick franchit le seuil. Les lumières rouges tamisées les plus proches s'allumèrent. Il se mit à marcher lentement entre les étagères. Où qu'il aille, les lampes semblaient le suivre pour s'éteindre après son passage, si bien qu'il avait l'impression d'évoluer dans une flaque de lumière rouge sang environnée de ténèbres impénétrables. Ses semelles ne faisaient pas le moindre bruit.

Alors qu'il passait devant l'extrémité des étagères, de petits écrans s'activaient pour lui donner leur numéro de référence. Finalement, il atteignit celle qu'il cherchait. Vite ! Il était presque 19 heures.

Là, dans cette flaque de clarté étrange, il tira le collier de chat de sa poche et le palpa de ses doigts. Au milieu, il y avait une surépaisseur. Comme tous ceux de sa

174

génération, il comportait une puce pour retrouver les animaux familiers égarés. Patrick pouvait sentir ses contours. Il déchira le cuir avec ses dents, puis en extirpa la puce de guidage. C'était un petit disque gris et plat.

Il prit le stylet de son unité de communication et s'en servit pour fourrer la puce dans la reliure du *Magicien d'Oz*. Il dut forcer un peu et entendit un bruit de papier déchiré. Profaner ainsi ce précieux volume le rendait malade, mais c'était pour son bien, non? Cela faisait probablement des siècles que personne ne l'avait touché. Un millier d'années, peut-être? Qui remarquerait une reliure abîmée?

Une petite sonnerie exaspérante retentit:

– Alarme, alarme, alarme, fit une voix robotique en provenance du plafond. Bibliothécaire Patrick Mac, vous avez manipulé le volume numéro 7-9-4-6-3/1. Veuillez le faire réparer immédiatement.

– C'est noté, répondit Patrick. Maintenant, si tu veux bien te taire.

– Oui, Patrick Mac.

Le silence qui s'ensuivit était assourdissant. Patrick regarda le livre. Pas de doute, il y avait une petite bosse sur la reliure, juste à l'endroit où il avait mis la puce. Pourvu que voleur ne la remarque pas.

Il battit en retraite quatre ou cinq étagères plus loin et s'assit sur le sol, le dos contre l'une d'entre elles. Il se positionna de façon à y voir entre deux rangées de livres. Il avait une bonne vision de l'endroit où était rangé le *Magicien d'Oz*. Mais, à moins de regarder directement dans sa direction, le voleur ne risquait pas de le repérer.

Patrick soupira. Maintenant, il ne pouvait rien faire, juste attendre. Le voleur se montrerait-il ? D'après l'ordinateur, ce volume serait sa prochaine cible. Mais s'il se trompait ? Il aurait profané un objet historique… pour rien !

Il regarda autour de lui. Dans cette lumière rouge qui l'avait suivi jusqu'à sa planque, tout semblait étrange et menaçant, comme dans une fiction horrifique. Il se sentait nerveux et ébranlé.

Soudain, une idée le frappa : si le voleur arrivait, cette lumière rouge trahirait certainement sa présence !

Il avait le choix. Il pouvait quitter cette pièce et s'en remettre à la puce de localisation. Ou il pouvait attendre dans le noir.

Il choisit la seconde solution. Si le voleur découvrait la puce, il aurait dégradé le livre pour rien. Et il n'aurait toujours pas la moindre idée de son identité.

– Éteindre lumières, dit-il.

La flaque rouge disparut. Profondément enfoncée dans le sol, sans fenêtre, la chambre 191 de la bibliothèque publique de New York était noire comme une tombe. Il n'y avait pas un seul rai de lumière pour dissiper ces ténèbres.

Patrick sentit un frisson descendre le long de son échine. Pour la millième fois, il se demanda pourquoi il faisait ça. Il n'avait jamais brillé par sa bravoure. Lorsqu'il était enfant, il connaissait des gamins qui étaient de véritables risque-tout, qui escaladaient des murs, exploraient des tunnels, tombaient et se cassaient une jambe ou un bras. Mais pas lui. Il avait toujours été calme, prudent. Ce n'était pas étonnant qu'il ait fini bibliothécaire et professeur. Lorsqu'il lisait ou étudiait, enfermé dans son petit bureau où il pouvait réfléchir en paix, il se sentait en sécurité.

Traquer des criminels n'était pas son genre.

Il s'assit dans le noir, écoutant battre son cœur, *tou-doum, tou-doum, tou-doum*, sans cesser de se dire qu'il ferait mieux de se lever et de quitter cette pièce. Tout le monde lui disait de laisser faire ce pro de l'unité 9. Et pourtant, ce crime le dérangeait profondément. *Brûler des livres!* Faire une chose pareille revenait à cracher au visage de la culture, du savoir, de l'Histoire. Celui qui pouvait brûler un livre était capable de tout.

Mais cet homme de l'unité 9? Jay Oh avait raison : ce type était un idiot, tout simplement. De plus, il ne comprenait probablement pas ce que représentaient ces volumes. C'était l'héritage de l'humanité tout entière! S'il n'arrêtait pas ce voleur, jusqu'où pourrait-il aller? Seul un bibliothécaire pouvait comprendre l'importance de cette affaire.

Soudain, Patrick entendit un bruit dans le lointain. Le bruissement étouffé d'une porte qui s'ouvre et se referme. Un instant, un rai de lumière pâle stria les ténèbres... pour disparaître aussi vite qu'il était apparu.

Patrick fronça les sourcils. Si le voleur était entré, les lampes auraient dû s'allumer... pourtant non.

Ce n'était peut-être pas lui? Peut-être que quelqu'un était passé devant la porte et qu'elle s'était ouverte automatiquement. Ou peut-être le voleur était-il sur le point d'entrer lorsqu'il avait senti la présence de Patrick. Impossible de le savoir. En tout cas, il était parti.

Patrick retira son unité de communication de sa ceinture pour regarder l'heure, oubliant qu'il l'avait éteinte. Il la ralluma. Le message urgent de la directrice clignotait toujours. Il l'effaça sans l'écouter, puis consulta l'horloge. 20 heures passées. Peut-être le voleur ne viendrait-il pas ? Patrick raccrocha son unité à sa ceinture.

Soudain, tous ses poils se hérissèrent. Pas de doutes, il avait entendu du bruit ! Une sorte de raclement doux et régulier. Des pas !

Mais… pourquoi les lumières ne s'allumaient-elles pas ? Les pas se rapprochaient. Mais ce que Patrick n'arrivait pas à comprendre, c'était comment le voleur pouvait s'orienter. De toute évidence, il ne voulait pas qu'on le voie, *lui*. Mais en ce cas, comment savait-il où il mettait les pieds ?

Le cœur de Patrick se mit à battre plus vite alors que les pas furtifs ne cessaient de se rapprocher. Puis une idée lui traversa l'esprit. S'il pouvait activer le canal de sécurité, il pourrait voir l'intrus sur le petit écran de son communicateur .

Il tira l'appareil de son étui et se servit de son stylet pour naviguer rapidement entre les menus jusqu'à atteindre les capteurs de sécurité. En quelques secondes, une image spectrale apparut sur son écran. Ces senseurs ne donnaient pas de lumière et, en bas, tout était plongé dans le noir. Mais cela n'avait pas d'importance : les scanners pouvaient capturer les infrarouges. Par contre, cette image n'avait rien d'habituel. Diaphane et presque transparente, on aurait dit un fantôme.

Il scruta l'écran d'un œil incrédule. Celui qui marchait vers lui n'était autre que cette silhouette grotesque tirée d'un dessin animé qu'il avait déjà vue sur les archives des caméras de sécurité.

Il en avait déduit qu'on avait dû modifier ces images après le vol en s'infiltrant dans la mémoire de l'ordinateur. Mais apparemment, ce voleur avait réussi à pirater le programme afin d'altérer le programme en temps réel pour remplacer son image par cette bestiole ridicule.

Et celle-ci ne cessait de se rapprocher. De temps en temps, elle s'arrêtait pour regarder autour d'elle avant de reprendre son chemin. Elle arborait le même rictus railleur.

Finalement, elle s'immobilisa. « Oui ! se dit Patrick. La prédiction de l'ordinateur était vraie ! » Le personnage s'était arrêté face à l'étagère où était rangé *Le Magicien d'Oz*.

Il attendit un instant, la tête penchée sur le côté, comme s'il écoutait quelque chose. Puis soudain, il bondit pour s'emparer du livre.

Patrick ne voyait rien d'autre que cette petite image sur l'écran. Il réalisa que si le voleur était assez rapide, il pourrait s'échapper sans que Patrick réussisse voir son visage.

– Pleine lumière ! cria-t-il.

Au lieu de la flaque rouge qui l'avait accompagné plus tôt, le plafond tout entier s'illumina d'une clarté blanche éblouissante. Pendant un instant, Patrick ne vit rien, aveuglé par cette lumière crue.

Les pas du voleur résonnèrent sur le sol. Il courait vers la porte à l'autre bout de la salle.

Tandis que ses yeux s'habituaient à la lumière, Patrick sauta sur ses pieds. À sa grande horreur, il s'aperçut qu'après être resté assis plus d'une heure dans la même position, un de ses pieds était tout engourdi. Il ne sentait plus sa jambe gauche et ne pouvait pas se tenir debout.

Avant de tomber, il se rattrapa à l'étagère la plus proche de lui. Un instant, il crut qu'elle supporterait son poids, mais elle se mit à osciller. Patrick s'effondra au sol entraînant l'étagère dans sa chute.

Mais de sa position, il aperçut le dos du voleur qui s'enfuyait. À son grand soulagement, c'était bien un être de chair et de sang et non un personnage de dessin animé. Pourtant, il ne put distinguer ses traits. Il portait ces vêtements blancs et amples très à la mode chez les ados cette année. Ils ne révélaient rien de la personne qui se cachait en dessous. Il n'aurait même pas pu dire si c'était une fille ou un garçon. Et sa tête était recouverte par une sorte de bonnet qui dissimulait ses cheveux.

En entendant le bruit de la chute, le voleur se retourna. Patrick comprit alors comment il – ou elle – pouvait voir dans l'obscurité. Il portait un masque noir fait d'un matériau luisant comme du verre. Patrick le reconnut : c'était un masque à vision nocturne comme en avaient les pompiers et les policiers des siècles plus tôt. Lorsque Patrick était enfant, un ami de son père en possédait un. Ils jouaient avec dans le noir. Ce masque comportait un amplificateur de lumière, un détecteur infrarouge, un sonar, des imageurs à ondes micro et radio et bien d'autres choses qu'il avait oubliées depuis. Lorsqu'on le mettait, on pouvait tout voir, partout, tout le temps.

Et personne ne distinguait votre visage.

Patrick réussit à se mettre à genoux, repoussant la lourde étagère qui l'écrasait. Lorsqu'il put regarder à nouveau dans sa direction, le voleur était parti.

– Tu peux courir, dit Patrick en souriant.

Il tira son comm et ouvrit le menu « sécurité ».

– Cambriolage en cours, dit-il. Sceller toutes les entrées. Désactiver les escaliers mécaniques.

Il eut un sourire de triomphe. Le voleur croyait avoir pensé à tout, mais il ne s'était pas encore frotté à Patrick Mac !

– Dysfonction dans le système de sécurité, lui répondit l'appareil.

Patrick ouvrit de grands yeux.

– Quoi ?

– Dysfonction dans le système de sécurité, répéta l'unité.

Puis elle lui donna une liste de portes, de senseurs et de verrous qui défilèrent sur l'écran. À côté de chacun d'entre eux apparut en lettres rouges la mention : EN PANNE.

Patrick donna un coup de poing rageur contre sa paume, puis se releva lentement.

– Message urgent, Patrick, ajouta le comm.

Il tituba lentement, sentant son pied revenir à la vie.

– Message urgent, Patrick.

Il poussa un gros soupir. Il avait échoué comme un débutant. Comme il se sentait bête ! Le voleur avait bien pensé à tout. Et maintenant, la directrice allait le réprimander. Peut-être même le mettrait-elle à la porte.

– Message urgent, Patrick.

– C'est bon, j'ai compris, marmonna-t-il.

– Message urgent, Patrick.

– C'est bon, c'est bon, qu'est-ce que c'est ? D'où vient-il ?

– La société « Où est votre compagnon ? » vous informe que votre chat, Constant, s'est sauvé. Voulez-vous que je le retrouve ?

Patrick sourit et boitilla aussi vite que possible vers la porte de la salle 191.

Constant ? Non. Constant était en sécurité dans son appartement.

– Bien sûr, répondit Patrick. Oui, ce serait vraiment bien. Envoie les données directement sur mon comm.

CHAPITRE 5

La majeure partie de ce qui avait été New York City était désormais souterraine. Il restait encore des traces de l'ancienne métropole – les deux lions flanquant les escaliers de la bibliothèque publique, l'Empire State Building et sa flèche argentée et quelques autres monuments et bâtiments – mais la ville en elle-même était désormais un labyrinthe de galeries et de salles souterraines qui s'étendaient sur des centaines de mètres en profondeur et comptaient des milliers de kilomètres de couloirs.

L'essentiel de cette cité troglodyte était aussi lumineux que l'extérieur. De magnifiques lampes murales iridescentes couvraient les murs et les ressources d'énergie, désormais quasiment illimitées, et permettaient d'habiter sous terre sans jamais avoir l'impression de vivre dans une caverne.

Enfin… *presque* jamais.

Cela faisait maintenant une heure que Patrick pourchassait la puce de détection qu'il avait fourrée dans la reliure du *Magicien d'Oz*. Durant tout ce temps, le voleur n'avait cessé de s'enfoncer toujours plus loin dans les couloirs de la cité. Et il commençait à aborder des couloirs qui ressemblaient de plus en plus à des grottes.

Ils avaient dépassé les sections où vivaient et travaillaient la plupart des habitants pour aborder le secteur de l'entretien, plus profond et plus sombre. Le secteur E, comme on l'appelait, était un ancien monde de ténèbres dont les racines avaient plusieurs millénaires. Une époque ou il n'était pas si facile ni aussi bon marché de travailler sous terre. C'était là qu'on trouvait les pompes, les couloirs d'aération, les conduites d'eau et les centrales d'énergie géothermique qui alimentaient la ville.

D'énormes poutres de métal soutenaient les plafonds des salles souvent éclairées par des ampoules antédiluviennes dont la clarté vacillante jetait des ombres démesurées sur les murs.

De toute évidence, certaines des personnes que Patrick croisait en chemin travaillaient sur des machines gigantesques. Mais bien d'autres avaient l'air furtif ou apathique, leurs vêtements sales et d'un autre âge, leurs yeux voilés par la peur, la colère ou la méfiance. Patrick n'avait pas l'habitude de voir de tels individus. Ils le rendaient nerveux. Plusieurs d'entre eux le regardèrent comme s'ils n'attendaient qu'une occasion de lui sauter dessus.

Alors qu'il entrait dans une des vastes salles mal éclairées et remplies d'échos, il vit pour la première fois le voleur, là, droit devant lui. Il marchait d'un pas pressé, la tête basse, sans un regard en arrière. Bien qu'il ne portât plus son masque à vision nocturne ni son bonnet, Patrick ne put distinguer ses traits. Il les avait échangés contre un de ces gros chapeaux mous à la mode, dont les rebords dissimulaient toujours son visage et la couleur ou la longueur de ses cheveux.

– Hé ! cria Patrick.

Toujours sans un regard en arrière, le voleur plongea dans une petite porte à l'arrière de la salle.

Patrick remarqua qu'à ce stade, le signal commençait à s'affaiblir et, parfois même, disparaissait de l'écran de son comm. Ce devait être un effet secondaire des quantités colossales d'énergie produites par les générateurs qui se trouvaient en bas, se dit-il.

Patrick se mit à courir. La salle devait bien faire deux cents mètres de long. Lorsqu'il en eut couvert la moitié, le petit cercle rouge sur l'écran de son comm clignota plusieurs fois avant de disparaître.

Lorsqu'il atteignit la porte, il était à bout de souffle. Elle était faite d'acier renforcé entouré de rivets gros comme son pouce et couverte d'une couche de peinture verte écaillée.

SALLE DES VALVES 7
DANGER !
RÉSERVÉE AUX MEMBRES DU PERSONNEL AUTORISÉ
Département de protection
de l'environnement – NYC

Le panneau était si usé qu'il en était à peine lisible. Cette section du réseau souterrain devait avoir plusieurs milliers d'années.

Patrick tourna la poignée massive. La porte s'ouvrit avec un grondement métallique. Ce qu'il vit de l'autre côté le laissa sans voix.

Le noir. Les ténèbres absolues. Oh, il y avait de la lumière, mais si faible et si chancelante que, pendant un moment, il n'y vit rien. Puis il réalisa d'où provenait cette lumière. Des feux ! De petits feux de camp éparpillés çà et là dans la galerie.

Car la porte s'ouvrait sur un long tunnel de dix mètres de haut creusé à même la roche. Le sol était mouillé et les murs suintaient d'humidité. Une brume de fumée âcre emplissait l'air.

Pas la moindre trace du voleur. Quoique, Patrick ne pouvait pas distinguer grand-chose dans cette pénombre sinistre.

Patrick eut une hésitation. Puis une voix dans sa tête affirma : « Il faut que tu récupères le livre ! », une voix qu'il ne pouvait ignorer. Il fit quelques pas en avant, tentant d'y voir un peu mieux.

Derrière lui, la porte se referma dans un claquement sonore qui éveilla mille échos sinistres.

– Hé ! lança Patrick.

Son cri se répercuta à l'infini.

Lorsque ses yeux s'habituèrent à la pénombre, Patrick s'aperçut avec horreur qu'il n'était pas seul. De petites grappes humaines étaient éparpillées de-ci de-là, autour des feux de camp. Certains semblaient faire cuire quelque chose sur les flammes.

Patrick sentit un frisson de dégoût. Qui étaient ces gens ? Bien sûr, des légendes circulaient, qui racontaient que certaines colonies vivaient dans les tunnels. On appelait ces gens les « cafards », et les récits qui leur étaient consacrés étaient farfelus et incroyables. On disait que c'étaient des voleurs agressifs, une bande de meurtriers – ils se *mangeaient* même entre eux ! Patrick y avait toujours vu des histoires tout juste bonnes à faire peur aux gamins. Mais maintenant qu'il se retrouvait face à ces silhouettes blotties près des feux, il n'en était plus si sûr.

– Hé! cria à nouveau Patrick d'une voix bien moins assurée.

Des centaines de paires d'yeux se tournèrent vers lui, luisant à la lueur fauve des flammes. Chacun le toisait comme s'il évaluait tout ce qu'il pouvait tirer de lui.

– Comme vous êtes beau et propre, Maître, dit une voix douce.

Patrick se retourna d'un bond. À cinq ou six mètres de lui, il vit une silhouette émerger de l'obscurité. C'était un homme aux traits à peine visibles. Il se dirigea vers Patrick d'un pas lent en traînant la jambe…

Il boitait! L'estomac de Patrick se retourna. Il n'avait jamais vraiment vu de personne invalide. Il y avait des millénaires que la médecine avait été perfectionnée au point qu'elle pouvait réparer un membre cassé en quelques heures.

L'homme sortit de l'ombre. À l'exception de sa jambe estropiée, il était grand et fort. Sa façon de se déplacer lui donna le frisson: il évoquait un prédateur, une hyène, peut-être, ou un loup s'approchant de sa proie.

Soudain, un rai de lumière éclaira son visage – si l'on pouvait donner ce nom à une telle masse de cicatrices rouges ressemblant à une grappe de vers. Il n'avait qu'un œil valide.

– Vous voudrez bien aider un grand malade, n'est-ce pas, Maître? demanda-t-il.

Patrick eut un hoquet.

L'homme tendit vers lui une grande main noueuse. Il dégageait une odeur pestilentielle, comme le relent d'une carcasse de renne que Patrick avait sentie un jour qu'il faisait du camping.

– Je suis désolé, je...

Patrick fit un pas en arrière et perdit l'équilibre, heurtant le sol avec une violence qui se répercuta dans tout son corps comme un éclair.

– J'ai dû faire une erreur.

– Je le crois aussi, Maître, reprit l'homme, et un horrible sourire railleur fendit son visage.

Patrick lutta pour se relever. Tous les yeux étaient braqués sur lui. L'écho de rires se répercuta entre les murs.

Patrick se recula sur des jambes mal assurées, ses doigts cherchant la poignée de la porte qu'il venait de franchir.

– Oh, vous n'aimez pas trop les cafards comme nous, n'est-ce pas, Maître ? Eh bien, peut-être qu'on ne vous aime pas non plus, hmmmm ?

Patrick trouva et abaissa la poignée de la porte. Il l'ouvrit et franchit l'ouverture. Le grand homme lui sauta dessus.

La dernière chose qu'il vit avant que l'énorme panneau ne se referme fut un œil injecté de sang braqué sur lui.

***

Lorsque Patrick cessa de courir, sa poitrine semblait comprimée par des bandes d'acier chauffées à blanc. Il posa ses mains sur ses genoux et tenta de reprendre son souffle. Il se sentait tout étourdi, et ses jambes tremblaient si fort qu'il n'était pas sûr de pouvoir se tenir debout.

– Hé, fit une voix.

Patrick se redressa, le cœur battant.

– Ça va, mon ami ?

Un homme souriant en combinaison verte le regardait d'un air interrogateur. Il y avait une inscription sur sa poitrine : SERVICES D'ENTRETIEN – AVEC NOUS, TOUT EST POSSIBLE !

– Je… je vais bien, hoqueta Patrick.

– Vous en êtes sûr ?

Patrick acquiesça.

– Vous vous êtes écarté des sentiers balisés, non ?

Patrick eut un faible sourire.

– Merci de vous en inquiéter, mais je vais bien. Je vous assure.

– D'accord, répondit l'homme, peu convaincu.

Après son départ, Patrick s'assit et mit sa tête entre ses genoux. « Je ne suis pas à la hauteur, se dit-il. J'ai commis une grave erreur en me mêlant à toute cette histoire. »

CHAPITRE 6

Lorsque Patrick rentra chez lui, il s'affala sur une chaise de son salon et resta là un long moment, à fixer le mur. « J'ai échoué. Sur toute la ligne ! »

Tout allait bien jusqu'à ce qu'il entre dans cette galerie. La prédiction. La puce. Suivre le voleur. Parfait. Jusqu'à ce qu'il panique.

L'homme au visage couvert de cicatrices ne l'avait pas directement menacé. Certes, il s'était montré agressif, mais rien de bien méchant. « Au final ? se demanda Patrick. À la première difficulté, j'ai perdu mon sang-froid. »

Patrick ne savait même pas ce qui l'avait tant effrayé. La crasse. Les cicatrices. Le boiteux. Les feux de camp. La fumée. Il n'arrivait toujours pas à croire qu'on puisse vivre comme ça à cette époque. Pourquoi ? Que faisaient-ils en bas ? Et ces gens faisaient cuire leur nourriture sur de vrais *foyers* ? Tout cela était pour le moins étrange.

Patrick restait immobile, à se creuser la cervelle. Que devait-il faire ? Personne d'autre ne saurait qu'il avait échoué. En fait, tout le monde semblait content de laisser faire les enquêteurs de l'unité 9. Dans les salles souterraines situées sous la bibliothèque publique, des millions de livres étaient entreposés. À ce rythme, le voleur pouvait en prendre un par jour pendant des milliers d'années sans que la collection en pâtisse.

Lorsque ces livres disparaissaient, c'était pour toujours. Bien sûr, il en existait des copies, quelque part dans la mémoire d'un ordinateur. Mais ce n'était pas un vrai livre en papier. De plus, celui qui avait été volé était une première édition dédicacée. L. Frank Baum l'avait touché de ses mains il y avait trois mille ans de cela !

Sans y prêter attention, Patrick se tourna vers le mur le plus éloigné de son appartement. Une lumière iridescente y décrivait des spirales en mouvement.

– Chercher le dossier des photos prises lors de mon voyage au ski dans le Colorado.

Aussitôt, les spirales nacrées disparurent et la première bande de sécurité fit surface, montrant le personnage fictif utilisé par le voleur pour masquer sa véritable image.

– Capture et identification de l'image de synthèse.

– L'image est un modèle en trois dimensions basé sur un croquis fait à la main, fit la voix de l'ordinateur. D'après le style et le choix des couleurs, l'original doit remonter au XXe siècle, probablement avant les années 1980.

– Tu ne peux pas faire mieux ?

Il y eut un bref silence.

– Il y a 87 % de chance qu'il soit basé sur les œuvres du Dr Seuss.

– Qui est-ce ?

– Un auteur et illustrateur de livres pour enfants. De son vrai nom Theodore Seuss Geisel, né le 2 mars 1904 à Springsfield, Massachusetts. Décédé le...

– C'est bon, c'est bon. Peux-tu identifier ce personnage en particulier ?

Un autre long silence.

– 91 % de chance qu'il soit basé sur le Slizzard de Solla Sollew.

– Le *quoi* ?

En guise de réponse, l'ordinateur fit apparaître l'image d'un livre, avec un paragraphe d'informations sur son auteur. Le titre était *J'ai eu du mal à aller à Solla Sollew*. Apparemment, c'était une œuvre moins connue de l'auteur signant du pseudonyme de Dr Seuss. Patrick parcourut la liste de ses titres. L'un d'entre eux s'appelait *Œufs verts et jambons*. Voilà qui avait l'air intéressant ! Un jour, il le lirait peut-être. Patrick feuilleta le texte de *Solla Sollew*. C'était l'histoire d'une créature à fourrure vivant dans un endroit déplaisant où elle se faisait piquer par des insectes et se cognait le crâne. Lasse de cette existence, elle décidait de se rendre dans un lieu parfait du nom de Solla Sollew, une ville magique où il n'y avait jamais de problème. Malheureusement, lorsqu'elle y arriva, elle s'aperçut que la cité était entourée par un grand mur qui ne comportait qu'une seule porte. Une petite bestiole malicieuse était cachée dans la serrure et ne cessait d'arracher les clés à ceux qui cherchaient à entrer. La créature dut alors repartir d'où elle venait. En chemin, elle vécut toutes sortes d'aventures farfelues. Et lorsqu'elle rentra enfin chez elle, elle se rendit compte que la vie n'était pas si terrible. La morale de cette histoire était que, où qu'on aille, la perfection n'était pas de ce monde.

Patrick examina le personnage :

– Pas de doutes, c'est le même. Tu peux m'en dire davantage sur lui ?

– Il y a un peu plus de mille ans, lorsque l'humanité finit par éradiquer la guerre et le crime, un mouvement vit le jour qui prétendait que le monde aurait toujours des problèmes. Le Slizzard voleur de clés devint leur mascotte. Ils proclamaient que bâtir une société parfaite était une erreur, que si l'humanité perdait l'habitude de lutter contre le mal, la pauvreté et l'oppression, elle se retrouverait dépourvue dès le moindre problème.

– Que leur est-il arrivé ?

– Ils ont fini sous terre. Littéralement. Ceux qu'on appelle « cafards » sont leurs descendants.

– Tu veux dire qu'ils ont *choisi* de vivre là-dessous ?

– C'était il y a bien longtemps.

– Pourquoi quelqu'un choisirait-il cette image pour dissimuler son apparence ?

– Je ne suis pas doué pour les devinettes, Patrick.

– Essaie toujours.

– Ils tentent peut-être de nous faire comprendre que, pour eux, notre mode de vie actuel pourrait s'écrouler.

– C'est ce que je me disais.

– Le mouvement Slizzard prétend que toute société a le potentiel d'atteindre un moment de vérité susceptible de l'entraîner dans une spirale descendante dont elle peut ne jamais se remettre.

– À la suite de quoi, par exemple ?

– N'importe quoi. Une guerre entre groupes ou nations. L'échec d'une technologie vitale. Un changement de climat. De mauvaises récoltes. La disparition d'une source d'énergie.

– Et ils pensent que cela peut nous arriver à *nous*?

– Oui.

Il fixa l'hologramme. L'image de deux mètres de haut représentant le Slizzard tournait lentement sur elle-même. Ses yeux fous semblaient le dévisager.

Si le jour d'avant, quelqu'un lui avait dit que son monde pouvait s'écrouler, il se serait moqué de lui. Mais ces gens qui habitaient dans les souterrains l'avaient touché profondément. Ils n'avaient aucune raison de vivre ainsi. Aujourd'hui, le toit et le couvert étaient gratuits. Dieu sait pourquoi, mais ces cafards avaient *choisi* de rester là-bas. Sales, affamés, vulnérables à toutes sortes de violences. Ça ne rimait à rien. Et pourtant...

Si quelqu'un pouvait faire un tel choix... de quoi d'autre était-il capable?

– Mais pourquoi voler des livres? Pourquoi les brûler? Quel est le lien? Et pourquoi des livres pour enfants?

– Je ne sais pas, Patrick.

– Essaie.

– Je suis désolé. Je ne peux pas.

– Alors à quoi me sers-tu?

– En fait, je suis très doué pour...

– Question de pure rhétorique, coupa Patrick.

– Oh.

Les ordinateurs faisaient partie de leur quotidien depuis quelques milliers d'années? Pourtant, on ne les avait toujours pas dotés du sens de l'humour.

Au bout d'un moment, une cloche tinta et le mur devint rouge.

– Votre chat a disparu, reprit l'ordinateur.

– Non.

– Votre chat a disparu. Alarme détectée. Votre chat a disparu. Alarme détectée.

– Hé, un instant, s'écria Patrick. Où ça ?

Une carte apparut sur le mur avec la mention PARC NATUREL DE PINE HAVEN.

– Là, répondit l'ordinateur.

– Où est-ce ?

– C'est une réserve naturelle à cent douze kilomètres au nord de votre point de localisation actuel. Elle comprend soixante kilomètres de pistes et une grande variété de vie sauvage comprenant trente-quatre espèces d'oiseaux, trois espèces de chauve-souris, des élans, des daims à queue blanche, des bisons, des couguars, des loups, des renards, des lynx, des pumas, des coyotes…

– C'est bon, n'en jetez plus. Mais où est mon, heu… chat ?

– On l'a repéré dans une caverne à six kilomètres de l'entrée du parc.

– Appelle un taxi aérien. Je veux y aller sur-le-champ.

– Je suis désolé, Patrick. C'est impossible.

– Comment ça ?

– C'est une zone à accès restreint.

– Restreinte à quoi ?

– Aux touristes. Étant donné son statut de parc naturel, on ne peut y accéder que pour des raisons éducatives.

– Des raisons éducatives ?

– Oui, Patrick.

Il y réfléchit longuement.

– Tu sais ce que je pense ? finit-il par dire.

– Non, Patrick.

– C'est le moment de faire une petite sortie !

CHAPITRE 7

La classe arriva au parc naturel tôt le lendemain matin et descendit du bus. Celui-ci repartit dès qu'ils eurent récupéré leurs sacs remplis d'équipements. Patrick s'était dit qu'une visite au parc serait le prétexte idéal. En emmenant ses élèves, il remplissait une fonction « éducationnelle » qui lui permettait d'avoir accès au site et, donc, lui donnait une chance de récupérer le livre volé. Mais plus important encore, il aurait toute sa classe avec lui. Il espérait que, durant cette sortie, il pourrait découvrir qui s'était déjà introduit dans le parc et, par conséquent, qui avait volé le livre. De plus, cela permettrait à ses élèves de passer quelque temps à l'air libre. Il arrivait que les gens soient tellement pris par le rythme de leur existence souterraine qu'ils cessent d'admirer les splendeurs de leur monde. Pour Patrick, rappeler à ses élèves ce qu'il y avait là-haut était une leçon valable.

— Écoutez-moi tous, déclara-t-il lorsque tous ses étudiants eurent enfilé leurs sacs à dos. Soyez très attentifs.

Le groupe se tenait blotti dans l'air froid du matin à côté d'un petit abri de bois en bordure de route.

– On passe la plupart de notre temps sous terre. Certains d'entre vous risquent de ressentir une certaine gêne face à tout cet espace. Ce n'est pas grave. En fait, c'est plutôt une bonne chose. Ici, vous devrez rester sur vos gardes. C'est un parc naturel. Em, je t'ai demandé de faire des recherches. Veux-tu bien nous parler des animaux qui vivent dans ces bois ?

Em s'avança et repoussa ses courts cheveux blonds de son front.

– La réserve contient onze couguars, neuf ours bruns et deux meutes de loups. Chacune de ces bêtes peut tuer et dévorer un humain. En règle générale, ils restent à l'écart des groupes. Mais les loups et les couguars en particulier ne rechignent pas à attaquer des individus isolés. Il y a quatre ans, un étudiant en doctorat a été tué et mangé par un couguar. Ils n'ont retrouvé que son petit doigt.

Des voix s'élevèrent, trahissant la surprise et l'enthousiasme.

– De plus, ajouta Patrick, nous allons traverser un certain nombre de ruisseaux. Aujourd'hui, la météo a prévu des tempêtes aussi subites que brutales, qui peuvent provoquer des inondations éclair. Il y a également plusieurs promontoires et…

– C'est quoi, un promontoire ? demanda un garçon du nom de Roger.

– Une falaise, répondit Jay Oh en levant les yeux au ciel.

– Hé, tout le monde ne peut être un génie ! protesta Roger.

– L'an dernier, deux gamins se sont introduits dans le parc et sont tombés d'un amas de rochers, reprit Patrick.

Je n'appellerais même pas ça une falaise : cela ne faisait que quatre mètres de haut. Mais l'un des ados est mort avant l'arrivée des secours.

– Est-ce qu'il y a d'autres accidents qu'on doit éviter ? demanda Jay.

Patrick le regarda en fronçant les sourcils.

– Écoute, tu peux prendre ça à la légère si tu veux. Mais tu n'es plus dans ton petit studio bien douillet. Ici, bien des dangers te guettent. L'hypothermie, la foudre, une chute d'arbre, une chute tout court, des agressions animales… la liste est interminable. Alors, écoutez-moi tous, ne vous éloignez pas du groupe. Et lorsque je vous demande de faire quelque chose, obéissez.

Il savait que tant que ces gamins regardaient où ils mettaient les pieds et respectaient les règles élémentaires de prudence, ils n'avaient rien à craindre, mais plus il leur faisait peur, plus ils seraient attentifs.

– Docteur Discipline est parmi nous ! s'écria Jay.

– On a tous des comms, n'est-ce pas ? demanda Em en tendant le sien.

– Bien sûr. Vous avez chacun le vôtre. Grâce à ça, on peut vous localiser à tout moment. Si vous avez des ennuis ou si vous vous retrouvez séparés du groupe, passez-moi un coup de fil et je viendrai vous chercher.

– Au fait, pouvez-vous me rappeler… pourquoi on fait tout ça ? demanda une élève nommée Shana, une grande fille athlétique qui, si toutefois c'était possible, était encore plus rebelle que Jay Oh.

– Pour faire votre éducation, répondit Patrick.

Shana regarda Jay et fit la grimace. Ce dernier éclata de rire.

– C'est bon, allons-y, conclut Patrick.

***

Vingt minutes plus tard, il se mit à pleuvoir.

Shana leva les yeux d'un air incrédule.

– Eh bien ! s'écria-t-elle en tendant les mains pour laisser les grosses gouttes s'écraser sur sa peau. Ça fait bizarre, non ?

Bien sûr, ils étaient déjà sortis de leur monde souterrain, mais rares étaient ceux qui y passaient beaucoup de temps. Et ils ne restaient certainement pas sous la pluie. Elle fixa le ciel menaçant. Des gouttes s'étalèrent sur son visage. Puis elle prit un air effrayé.

– On ne va pas se faire frapper par la foudre ?

– C'est peu probable, répondit Patrick. Il y a deux pistes. La plus courte passe par cette colline – il désigna une grande formation couverte de roche nue. C'est celle que je voulais prendre, mais tu as raison. Autant éviter de se faire foudroyer. Prenons plutôt la piste longue. Ça devrait aller.

– Vous en êtes sûr ? demanda Jay Oh, une pointe de défi dans la voix.

– Sûr et certain.

Patrick aurait bien voulu être aussi confiant qu'il le prétendait. Il était un randonneur expérimenté, mais avait tout de même peur des tempêtes. Les nuages qui roulaient au-dessus du groupe étaient pareils à un chaudron de feu gris.

L'attrait nouveau de la pluie ne dura pas. Au bout d'un moment, ils se contentèrent d'être gelés et mal à l'aise. Les étudiants râlaient tout en descendant le sentier qui serpentait entre les arbres anciens.

– Pourquoi est-ce qu'on ne rentre pas ? demanda Shana.

– Oui ! renchérit Roger. C'est nul.

– Le bus ne sera pas là avant la tombée de la nuit, dit Patrick. On ne va tout de même pas l'attendre sous la pluie.

Les grognements continuèrent et l'averse ne fit qu'empirer.

– Comment les gens pouvaient-ils supporter ça avant de descendre sous terre ? demanda un des étudiants.

– En ce temps-là, ils étaient différents, répondit un autre. Ils ne ressentaient pas les choses comme nous.

– C'est faux, intervint Patrick. Ils devaient supporter certaines choses et pas nous, c'est tout.

Il souleva le col de sa veste, mais l'eau de pluie lui dégoulina dans le cou. Il décida de leur changer les idées :

– Quelqu'un peut-il nommer certaines des choses que nos ancêtres devaient supporter et pas nous ?

– Le cancer, répondit Em.

– Les coups de soleil, ajouta Roger.

– La chaleur et le froid.

– La guerre.

– Le crime.

– Bien, affirma Patrick. Quoi d'autre ?

Il continua de les bombarder de questions, mais bientôt, le groupe refusa de répondre pour se retirer dans un silence morose.

Finalement, Shana prit la parole :

– C'est bon, assez joué.

– Écoute, Shana... commença Patrick.

– Non. Laissez tomber. J'en ai ma claque. Moi, je rentre. J'appelle un taxi aérien.

Elle tira son comm de sa poche, fronça les sourcils et le secoua.

– Flûte ! s'écria-t-elle. Qu'est-ce qui lui prend ? Il ne marche pas !

– Shana !

Mais l'élève têtue refusa de l'écouter. Elle tourna les talons et descendit la piste détrempée en parlant furieusement dans son comm.

– Shana, reviens immédiatement ici si tu ne veux pas que je te fasse redoubler ! s'écria Patrick.

Il n'aimait pas les profs qui ne cessaient d'émettre ce genre de menaces, mais il ne pouvait laisser ces gamins errer tout seuls dans les bois.

Shana ne regarda même pas en arrière.

– Attends-nous à l'abri, reprit Patrick. Je m'occuperai de toi à notre retour !

Shana disparut à l'angle du sentier.

Patrick tira son comm afin de suivre la jeune fille, mais curieusement, il ne fonctionnait pas non plus. ZÉRO SIGNAL, disait l'écran. Il n'avait encore jamais vu un tel message. Il devait y avoir un problème au niveau du réseau satellite. Sous terre, il y avait des transmetteurs radio à basse fréquence dans chaque pièce et chaque galerie. Mais à la surface, ils devaient compter sur des relais satellites. Et s'il était arrivé quelque chose à la connexion…

– C'est bizarre, dit-il.

– Vous n'en avez jamais entendu parler ? déclara Jay Oh avec un petit sourire. C'est un coup des taches solaires. Elles brouillent les communications satellites. (Il agita son comm.) Le mien est mort depuis qu'on a quitté Manhattan.

Patrick sentit son estomac se nouer sous l'effet de la peur.

– Alors, il va falloir s'en retourner, non ? dit Roger, plein d'espoir.

Patrick serra les dents.

– Non. Elle n'a qu'à nous attendre dans l'abri.

– Oh, parce que nous autres *adorons* rester sous la pluie, reprit Roger.

Jay Oh regarda Patrick avec un sourire mystérieux aux lèvres, comme s'il assistait à une expérience scientifique intéressante.

– Qu'est-ce qu'il y a de si drôle ? rétorqua Patrick d'un ton qui lui était inhabituel. (Il se retourna et partit sur le sentier.) Allez, on bouge.

***

L'humeur de la classe ne cessa d'empirer. « Ai-je raison d'agir comme ça ? » ne cessait de se demander Patrick. Rien ne lui permettait d'affirmer que le livre était dans cette caverne. Ce pouvait être un leurre. Le voleur pouvait avoir trouvé la puce et l'avoir déposée là. Il pouvait se tromper.

Et même si ce volume était bien dans la caverne, valait-il la peine de faire courir un tel risque à ses élèves ?

« Oh, ne dis pas de bêtises. Ce n'est pas vraiment dangereux. Pénible tout au plus. » De nos jours, se rappela-t-il, ces gamins menaient la belle vie. Un peu de rigueur leur ferait le plus grand bien, et il savait pouvoir assurer leur sécurité.

Alors qu'ils continuaient leur chemin au milieu des grands arbres, Patrick tenta de garder un œil sur ses élèves pour voir si l'un ou l'autre démontrait la moindre familiarité avec ce terrain. Si le voleur faisait partie du groupe, il finirait bien par se trahir. Mais les étudiants continuaient de crapahuter d'un air boudeur, les yeux baissés.

La pluie continua de tomber pendant la majeure partie de la matinée. Le printemps touchait à sa fin, et il faisait encore doux. Mais certains élèves, habitués à la température constante de vingt-quatre degrés qui régnait dans leur habitat troglodyte, commençaient à frissonner.

— Pourquoi n'est-on toujours pas arrivés ? s'étonna Roger. Vous aviez dit...

— Nous avons pris le chemin le plus long pour ne pas nous approcher de cette falaise, répondit Patrick. Je présume que le trajet prendra un peu plus longtemps que je ne l'avais prévu.

Patrick commençait à se sentir vaguement inquiet. Le trajet prenait *bien plus* longtemps qu'il ne l'avait prévu. Ils avaient rencontré plusieurs embranchements, et à chaque fois, il avait été sûr d'avoir pris la bonne route. Plus maintenant.

Il avait pensé apporter une carte imprimée sur du papier plastique, mais avait finalement préféré s'en passer. Ils se contenteraient des comm. Sauf que maintenant qu'il était sur place, il trouvait le petit écran difficile à déchiffrer. Et sans le réseau satellite pour lui donner des directions, il commençait à redouter d'avoir pris le mauvais chemin. Même la piste la plus longue ne faisait guère que huit kilomètres. Ils devaient avoir parcouru bien plus que ça.

Vers 11 h 30, la pluie finit par cesser, et le soleil pointa entre les nuages. Lorsqu'un cône de lumière se posa sur eux, les élèves poussèrent un cri de joie.

– Vous voyez? dit Patrick. Ce n'est pas si terrible, non?

Maintenant que la situation s'améliorait, il pouvait annoncer la mauvaise nouvelle.

– Cela dit, sans le relais satellite, je crois que j'ai peut-être, euh...

Le groupe émit un grognement sonore.

– Vous voulez dire qu'on est *perdus*? demanda un des élèves.

– Non. Nous avons juste... Légèrement dévié du chemin. (Il désigna la petite pente qui s'élevait un peu plus loin sur la piste.) Jay, Em, je veux que vous montiez sur cette colline. Regardez dans toutes les directions jusqu'à ce que vous ayez repéré un petit lac. C'est notre destination. Ensuite, on aura plus qu'à trouver un moyen d'y accéder. D'accord?

Jay et Em haussèrent les épaules, se regardèrent, puis se mirent en marche d'un pas lourd.

Tout en les regardant partir, Patrick étudia Jay de près. Donnait-il l'impression qu'il était déjà venu par ici? Pour autant qu'il sache, c'était un bon petit gars. Mais c'était aussi un de ceux qui ne rataient jamais une occasion de défier les autorités. C'était aussi un des élèves les plus intelligents que Patrick ait connus. Celui qui avait volé les livres avait également bidouillé les ordinateurs afin de cacher son larcin. La plupart des gamins de sa classe n'avaient pas les capacités intellectuelles pour réussir un coup pareil.

Son regard se posa sur Em. Elle était peut-être encore plus intelligente que Jay, mais elle était loin d'être aussi rebelle. Il la voyait mal détruire des artefacts historiques irremplaçables.

Patrick soupira. Si Em ou Jay étaient déjà venus par ici, ils n'en laissaient pourtant rien paraître.

– Qu'est-ce que vous en dites ? demanda-t-il aux autres. C'est l'heure de la pause déjeuner ?

***

Pendant que les étudiants s'installaient sur un tronc abattu et mangeaient, Patrick prit une fois de plus son comm. En vain : il ne fonctionnait toujours pas. Puis, un bref instant, les satellites s'alignèrent et une petite carte lui montra le chemin qu'ils auraient dû prendre. Ils étaient à deux kilomètres de la bonne piste : il s'était trompé à un embranchement. Il s'en souvenait bien et maintenant, il comprenait son erreur. Heureusement, ils n'auraient aucun mal à retourner en arrière.

Il regarda le pisteur pour voir s'il pouvait dire où se trouvait Shana. Heureusement, le petit cercle rouge représentant sa location brillait toujours sur la carte. Puis, à son grand désarroi, il réalisa qu'elle était bien loin de l'abri. Au contraire, elle se dirigeait dans la direction opposée. Il zooma sur sa localisation. En fait, remarqua Patrick, la piste qu'elle suivait la rapprochait de la caverne où il se trouvait avec le reste de la classe. Il fronça les sourcils. Pourquoi n'était-elle pas retournée à l'abri ? Était-elle perdue ? La situation ne cessait d'empirer. Puis il remarqua que la section où Shana était censée marcher était ombrée et comportait la mention : ZONE À LOUPS. NE PAS ENTRER SANS ACCOMPAGNEMENT.

Aïe. Les loups étaient les prédateurs les plus dangereux de tout le continent nord-américain. Une meute de ces bêtes pouvait attaquer un humain égaré sans même se fatiguer.

Alors qu'il scrutait le petit écran, le cercle rouge clignota et disparut. RÉSEAU DÉFICIENT. ZÉRO SIGNAL.

Patrick avala sa salive.

– Em ! cria-t-il en mettant ses mains autour de sa bouche. Jay ! Hé ! Revenez ! Tout de suite !

Pas de réponse.

Soudain, Patrick sentit son cœur battre la chamade et ses paumes devenir moites. De mal en pis.

– Ça va, Patrick ? demanda Casey, une des élèves.

– Ça va, répondit-il. Je veux juste qu'Em et Jay reviennent. Pendant une minute, mon comm a trouvé un relais satellite. Maintenant, je sais où on est.

– Je vais aller les chercher, reprit Casey en souriant.

– Ne t'éloigne pas trop.

Casey acquicsça et partit en courant.

Alors qu'il la voyait disparaître au milieu des arbres, une idée le frappa. Et si Shana avait simulé son éclat de colère ? Et si elle avait pris la piste plus courte qui menait à la caverne ? Et si c'était *elle* la voleuse ?

Elle ne manquait certainement pas d'esprit rebelle. Mais la question était : était-elle assez démoniaque pour concocter un tel crime ? Et si c'était le cas, pouvait-elle l'avoir mis en pratique ? Pas de doutes, elle était intelligente. Mais ça ne semblait pas être son genre. Celui qui avait fait tout ça cherchait à prouver quelque chose, même s'il lui restait à trouver le problème. Ce n'était pas que du vandalisme.

Pourquoi pas ? Peut-être était-ce juste la façon dont un ado évacuait sa colère en détruisant un objet de grande valeur ?

Pendant qu'il réfléchissait, Casey redescendit la colline en courant.

– Em est tombée ! Em est tombée !

– Comment ça, elle est tombée ? répondit Patrick, arraché à ses pensées.

– Elle s'est fait mal à la cheville. Elle est peut-être cassée !

– C'est bon, dit-il. On va tous escalader cette colline.

– Je n'ai pas fini mon déjeuner ! protesta Roger.

– Tu n'as qu'à le manger en chemin. (Patrick claqua des mains.) Allons-y !

***

Em gisait au sommet de la colline sur une avancée de pierre grise. Son visage était contorsionné sous l'effet de la douleur, et son pantalon était rouge de sang. Jay se tenait assis à côté d'elle et lui tenait la main. Dès qu'il vit Patrick, il leva des yeux accusateurs.

– Où étiez-vous ? J'ai crié à m'en casser la voix !

Patrick secoua la tête :

– Désolé ! On ne pouvait pas t'entendre. (Il alla s'agenouiller aux côtés d'Em.) Que s'est-il passé ?

Elle inspira profondément.

– Je suis montée sur cette pierre pour regarder les alentours. Mais il y avait tant d'arbres que je ne pouvais rien voir.

– Elle a glissé et s'est entaillé la jambe, continua Jay. Sa cheville est peut-être cassée.

Patrick se tourna vers ses élèves qui l'entouraient, la mine sombre.

– Est-ce que quelqu'un a un comm qui marche ? Il faut appeler une ambulance aérienne.

Tout le monde tira son appareil argenté, regarda l'écran, puis secoua la tête.

– Bien, répondit Patrick.

Un instant, il sentit la panique monter en lui ; puis, à sa grande surprise, son esprit s'éclaircit, et il put à nouveau raisonner.

– Bon, il va falloir fabriquer quelque chose qu'on utilisait dans l'ancien temps. Ça s'appelait une « civière ». Roger, Casey, ramassez-moi des branches. Elles doivent être longues de deux mètres cinquante et épaisses de quelques centimètres. Jay, Ken, passez-moi vos manteaux.

Dix minutes plus tard, ils descendaient la colline, un étudiant soutenant chacun des quatre montants de la civière improvisée formée par deux branches passées dans plusieurs manteaux.

– Je suis désolé, Em, dit Patrick.

La jeune fille le regarda d'un air perplexe.

– Eh bien, on peut dire que cette excursion aura été mémorable.

Elle eut un petit rire, puis fit la grimace.

Le groupe redescendit la piste. Ils retrouvèrent rapidement le bon chemin. Une petite pancarte désignait la direction de l'abri.

Patrick emprunta le sentier opposé.

– L'abri est par là ! remarqua Jay.

– Je sais. Mais ce n'est pas notre destination.

Tout le monde ouvrit de grands yeux.

– Mais il faut qu'elle voie un médecin !

– Eh bien, on a un autre problème…

– Quoi ? rétorqua Jay avec colère.

Au lointain, un long hurlement surnaturel vrilla le silence de la forêt. Patrick sentit sa nuque se hérisser.

– Les loups, dit-il.

CHAPITRE 8

Une fois que Patrick eut expliqué que Shana s'était aventurée dans la zone où rôdaient les loups, Jay déclara :

— Et si on se séparait ? Quatre d'entre nous peuvent ramener Em à l'abri et...

— Les loups peuvent flairer l'odeur du sang à trois kilomètres. Si sa blessure les attire, il faut qu'on soit le plus nombreux possible pour les repousser.

— Oui, mais...

Patrick secoua la tête.

— On ne se sépare plus. Point final.

Il n'était pas sûr de prendre la bonne décision. Comme ils devaient porter Em, ils n'allaient pas très vite. Pourraient-ils récupérer Shana et retourner à l'abri avant la tombée de la nuit ? La jambe d'Em saignait toujours, et elle avait besoin de soins médicaux. Mais il savait qu'il ne devait pas laisser transparaître ses hésitations. Il était le chef. Ses élèves devaient avoir confiance en lui. Si sa résolution chancelait, ils le verraient. Ce qui n'entraînerait qu'un surcroît de problèmes.

— Suivez-moi, dit-il.

Il se mit à descendre le sentier. D'après la carte sur son comm, qui s'était brièvement remise à fonctionner, celui-ci ne tardait pas à croiser la piste que semblait suivre Shana. Et par une heureuse coïncidence, l'embranchement se trouvait à cinq cents mètres de la caverne qui était leur véritable destination.

Pendant un instant, personne ne bougea.

– Suivez-moi, répéta Patrick.

Et il tourna le dos à ses élèves.

« Et s'ils ne veulent pas obéir ? » Il pouvait difficilement les y obliger. Pendant un moment, il eut l'impression de suffoquer. Il n'avait pas le choix : il devait aller chercher Shana. Et si ses élèves ne le suivaient pas, il n'aurait plus qu'à y aller seul.

Patrick mourait d'envie de jeter un œil en arrière, mais ce serait un signe de faiblesse. Il se sentit baigné de sueur. « Suivez-moi, je vous en prie ! »

Puis, au moment où il croyait les avoir perdus, il entendit la douce voix d'Em :

– Il a raison, les gars. Il vaut mieux ne pas se séparer. Allons-y.

Pendant un moment, il ne se passa rien. Patrick sentit son sang rugir à ses oreilles.

Il entendit un bruissement de pieds remuant à l'unisson, comme mus par un seul esprit. Ils le suivaient.

« Ouf ! Il s'en est fallu de peu ! »

**

Ils marchèrent en silence, ne s'arrêtant que pour changer de porteurs pour la civière. Tout le monde avait les mains à vif, mais nul ne se plaignait.

Le soleil avait fini par l'emporter et de petits nuages gonflés dérivaient dans le ciel bleu. Une douce brise soufflait entre les feuilles, juste assez rafraîchissante pour que personne n'ait trop chaud. En fin de compte, c'était une journée parfaite.

Pourtant, Patrick ne pouvait s'empêcher de se sentir bête. Tout ça pour un livre !

De temps en temps, il mettait ses mains en cornet pour crier :

– Shana ! Hé, Shana ! On vient te chercher !

Parfois, ils entendaient le hurlement des loups qui semblaient se rapprocher.

Le groupe avançait avec une lenteur désespérante. À l'occasion, Patrick regardait le soleil. Sous terre, l'heure n'avait pas grande importance : les lumières étaient toujours allumées. Mais à la surface, le monde suivait son rythme. Lever du soleil, coucher du soleil. La pluie, le vent, les inondations, les crues, l'hiver, le printemps, l'été, l'automne. Un jour, ces phénomènes naturels avaient été une question de vie ou de mort. Maintenant, c'était de l'histoire ancienne.

Mais… pas dans cette forêt.

Lorsqu'ils avaient retrouvé Em, le soleil était haut dans le ciel. Maintenant, il descendait sur l'horizon et se cachait derrière les branches. Il ne faisait pas encore noir, mais Patrick pouvait sentir des changements subtils dans la luminosité. La clarté brillante et optimiste de l'après-midi devenait plus pâle, plus lugubre.

Ils avaient de moins en moins de chances de sortir de ce parc avant la tombée de la nuit. Ils n'avaient ni tentes, ni provisions, ni eau, ni abri, ni feu.

Ils atteignirent le croisement entre les pistes à 4 heures.

– Où va-t-on ? demanda Jay.

Patrick regarda autour de lui. La piste courte menait tout droit aux loups, la longue les ramènerait au point de départ. Mais il y en avait une troisième – celle qui menait à la caverne.

Patrick tira son comm de sa ceinture et le consulta encore une fois. Toujours pas de signal satellite. Il inspira profondément. Que devait-il faire ? Comme il ne savait pas où était Shana, impossible de dire quelle direction ils devaient prendre. S'ils choisissaient la piste courte, ils avaient une vague chance d'atteindre l'abri à temps pour que la navette les ramène à Manhattan. Mais si Shana s'était dirigée vers la caverne, elle se retrouverait coincée. Toute seule. Sans protection.

« Réfléchis ! »

– Monsieur Mac ? demanda Alana.

– Monsieur Mac ? répéta Roger. Que va-t-on faire ?

– Monsieur Mac, Monsieur Mac, Monsieur Mac ?

Soudain, tout le monde se mit à parler en même temps. Patrick eut l'impression d'avoir la tête prise dans un étau.

– Il faut s'en retourner, Monsieur Mac, dit Roger.

– Shana pourrait être par là, ajouta Jay en désignant la piste menant vers la caverne. On ne peut l'abandonner !

– On ferait peut-être mieux de se séparer ? ajouta un troisième garçon.

– Oui, renchérit Jay. Toi, moi et Roger pouvons aller vers la caverne et…

– Moi, pas question que je reste ! s'écria Roger.

– Si je ne rentre pas ce soir, reprit une autre voix, mon père et ma mère vont paniquer !

Tout le monde se mit à se disputer. Patrick se sentait bien incapable de les arrêter. Il n'y avait tout simplement pas de bonne décision. « Je ne suis pas un aventurier des temps anciens ! se dit-il, désespéré. Je suis bibliothécaire. Je ne connais rien de tout ça ! » Et pourtant, il devait prendre une décision, il devait montrer un visage confiant afin que ces gamins ne perdent pas espoir. Malheureusement, il était comme figé sur place.

Puis il eut une illumination. La caverne. Jay venait de dire qu'ils devaient se rendre à la caverne. Mais Patrick n'en avait jamais parlé ! Alors comment...

– Silence, tout le monde ! dit-il.

Les voix se turent. Patrick se tourna vers Jay :

– Je n'ai jamais parlé de la caverne.

Jay cligna des yeux.

– Pardon ?

– La caverne, répéta-t-il. Je n'ai jamais dit que c'était notre destination. Comment pouvais-tu le savoir ?

Jay parut hésiter. Il haussa les épaules :

– Je ne sais pas. J'ai dû la voir sur la carte. Je me suis dit... (Il avala sa salive.) Quoi ? Pourquoi me regardez-vous comme ça ?

Un étrange sentiment de triomphe s'empara de Patrick. C'était Jay le coupable. Comme il le soupçonnait depuis le début.

Mais ce bonheur ne dura pas. À ce moment précis, l'identité du voleur importait peu. Patrick se tourna vers les arbres. Le soleil continuait de descendre sur l'horizon, allongeant des ombres de plus en plus épaisses.

– Monsieur Mac? demanda Roger. Que va-t-on faire?

Patrick ne savait que répondre. Il parcourut des yeux les visages tournés vers lui, pleins d'espoir, attendant de lui quelques mots qui les rassureraient, leur feraient croire que tout irait bien.

– Je suis désolé, dit-il d'une voix douce. Je ne... lorsque j'ai planifié cette expédition, je n'ai pas... je ne pensais pas...

Il ne termina pas sa phrase.

– Monsieur Mac? demanda Jay.

– Je suis désolé.

Il y eut un bref silence.

– Je m'excuse, Em. Je suis désolé.

Em s'assit sur sa civière et le regarda. Puis elle eut une réaction inattendue : elle lui sourit.

– Ce n'est pas grave, Monsieur Mac. Vous savez ce qui vous reste à faire.

Elle avait raison. Il savait très bien ce qu'il lui restait à faire.

– Heu, Monsieur Mac? reprit Jay.

– C'est bon, répondit Patrick en claquant ses mains d'un air résolu. Voilà ce que nous allons faire.

– Monsieur Mac?

– Laisse-moi finir.

– Monsieur Mac? insista-t-il en désignant quelque chose du doigt.

– *Quoi*, Jay?

Le garçon ne répondit pas. Il se contenta de tendre son doigt.

À gauche de la piste, il y avait une grande prairie verdoyante jonchée de fleurs rouges et roses qui se terminait sur une légère pente. Au sommet de cette colline, se détachant sur le bleu du ciel, il y avait un animal. Il fixait Patrick de ses yeux jaunes qui ne cillaient pas.

Un loup.

– À la caverne, ordonna Patrick. Tous.

CHAPITRE 9

Un loup. Puis deux. Puis cinq. Puis d'autres encore.

– Par ici, dit fermement Patrick. Les filles, prenez la civière. Les autres, entourez-les. Roger, tu es le plus costaud. Mets-toi à l'arrière.

Quatre filles s'empressèrent de soulever Em pour partir d'un pas vif sur le chemin. À l'autre bout de la prairie, les loups accompagnèrent le mouvement. Leur chef de meute était blanc comme la neige. Il s'avança vers eux, la tête basse, les crocs légèrement découverts, les narines palpitantes.

– Eric, dit sèchement Patrick, cherche des branches à terre. Deux mètres de long, pas plus de trois centimètres d'épaisseur. Et pas de bois pourri.

Patrick plongea la main dans son sac et en tira son couteau de camping. Tout ce qui pouvait servir d'arme – même de simples outils ou les couteaux de cuisine – était interdit depuis des siècles. Techniquement, il était contraire à la loi de porter un tel canif, mais tous les campeurs que connaissait Patrick en avaient un.

Tous ouvrirent de grands yeux en voyant la lame brillante.

– Des branches! répéta Patrick en claquant des doigts. Allez!

– Pour quoi faire? demanda Eric.

– Des lances. Nous allons fabriquer des lances.

À l'arrière du groupe, Jay eut un grand sourire.

– Oui! s'écria-t-il. Attention, Monsieur Mac passe à l'action!

Eric tendit une petite branche à Patrick. Celui-ci en frappa un tronc tout proche, et elle se cassa en deux.

– Il faudra mieux faire, Eric.

Le garçon acquiesça et plongea entre les arbres. Patrick regarda derrière eux. Les loups prenaient tout leur temps. Ils trottaient après les étudiants, les rattrapant peu à peu. « Encore deux cents mètres? » se demanda Patrick.

– Eric! Dépêche-toi!

Plus tard, Eric jaillit des sous-bois, des bâtons à la main. Ils étaient un peu plus appropriés pour le combat. Patrick s'empressa de tailler en pointe l'extrémité de l'un d'entre eux avant de le jeter à Jay. Encore quelques coups de lame bien aiguisée et il disposerait d'une seconde lance, qu'il donnerait à Roger.

– Que fait-on? demanda ce dernier.

– S'ils se rapprochent, tuez-les. (Patrick fit mine de poignarder le vide avec le bâton, puis se tourna vers Eric.) Amènes-en d'autres.

L'étudiant repartit dans les bois.

Voyant qu'un des membres du groupe se séparait des autres, les loups accélérèrent leur allure pour filer dans la direction prise par Eric.

– Vite! cria Em. Ils vont vers toi!

Eric ne répondit pas. Patrick pouvait l'entendre crapahuter dans les sous-bois, mais ne le voyait pas. À gauche du sentier, d'épais taillis bloquaient son champ de vision. Le loup blanc n'était plus qu'à une soixantaine de mètres.

– Eric! cria-t-il. Allons-y. On n'a plus le temps.

Au moment même où le loup blanc se mettait à courir, Eric jaillit des sous-bois, quatre autres bâtons en main. Il riait en ouvrant de grands yeux.

Il atteignit le groupe quelques secondes avant le loup. Voyant cela, l'animal changea de chemin, décrivant un cercle pour rejoindre la meute.

Celle-ci ralentit une fois de plus pour adopter la même vitesse que les étudiants. Ils ne hurlaient pas, ne grondaient pas, ils gardaient le silence. Ils se contentaient de les suivre comme des ombres, la tête basse, sans les quitter des yeux.

Patrick taillait les bâtons le plus vite possible.

– Vous pensez que Shana est en sécurité? demanda une des filles qui portait Em.

– S'ils nous chassent, répondit-il, c'est qu'ils ont faim. Et s'ils ont faim, c'est qu'ils n'ont pas… (Il chercha le bon terme. Attaqué? Traqué? Dévoré?) Ils n'ont pas, euh… trouvé Shana.

– Oh. Je n'y avais pas pensé, répondit la fille, visiblement soulagée.

Patrick espérait avoir raison.

– C'est encore loin? demanda nerveusement Jay.

Maintenant, les loups formaient un demi-cercle autour du groupe.

Patrick avait fini de tailler les bâtons. Il alla se placer à l'arrière du groupe.

– Plus maintenant, marmonna-t-il.

C'est alors que le loup blanc lui sauta dessus, les poils hérissés, les babines retroussées. Patrick lui décocha des coups de lance pour le repousser. Le loup se mit à bondir d'un côté à un autre. Soudain, Patrick atteignit sa cible : la pointe frappa la bête. Celle-ci eut un gémissement et battit en retraite.

– Bravo, Monsieur Mac ! s'écria Roger.

Le reste de la meute se recula de quelques mètres, donnant à Patrick l'occasion de les compter. Quatre adultes et trois jeunes.

– La prochaine fois que l'un d'entre eux s'approche d'un peu trop près, dit Patrick, on y va tous les trois. Il faut leur montrer qui est le chef. Sinon, ils ne cesseront de nous harceler jusqu'à ce que l'un d'entre nous baisse sa garde.

– Ils ne vont pas nous faire de mal ? demanda Eric. Enfin, pas *vraiment*, non ?

Patrick sentit une réponse se former dans son esprit. Une *longue* réponse. Il avait envie de leur dire qu'à Manhattan, on ignorait ce qu'était l'insécurité. Il n'y avait pas de guerre, pas de crime, pas de danger quel qu'il soit. Et même si on faisait une chute ou se cognait la tête, il y avait toujours un docteur à portée de main. Il avait envie de dire que quelques jours auparavant, lui aussi avait l'impression de vivre dans un cocon surprotégé, sans zones d'ombre, sans menaces ni dangers, sans la moindre inquiétude. Il voulait leur confier qu'il commençait à changer d'avis, que sous ce joli petit monde qu'ils habitaient, quelque chose de sombre se préparait.

Mais au lieu de lui donner la version longue, Patrick se contenta de dire :

– Si tu leur en donnes l'occasion, ils te prendront par la gorge, te mettront à terre et commenceront à te dévorer sans même attendre que tu sois mort.

– Oh, répondit Eric. Intéressant.

Il ramassa une pierre de la taille de son poing et la jeta sur les loups. Il atteignit l'épaule d'un grand mâle gris qui poussa un glapissement de douleur.

– Ça te plaît, hein, grand méchant loup? Hein? Tu en veux encore?

Des rires nerveux s'élevèrent du groupe.

– Bien vu, Eric, affirma Patrick. Que tout le monde ramasse des pierres et leur en jette au museau. Voilà qui devrait les garder à distance.

***

Match nul. Pendant plus d'une heure, les gamins ne cessèrent de jeter des pierres aux loups qui continuaient de les encercler, tentant d'avancer pour se reculer aussitôt. Les bêtes faisaient attention tant aux pierres qu'aux lances. Elles semblaient avoir défini une tactique : elles se séparaient par groupes de deux ou trois afin que Patrick et ses élèves ne puissent concentrer leurs forces sur un seul membre de la meute.

Le soleil ne cessait de descendre à l'horizon et la lumière de décliner. Une fois dans la caverne, ils seraient en sécurité, Patrick en était certain. Mais s'ils se retrouvaient piégés ainsi, à découvert, sans moyen de faire du feu… Eh bien, la nuit risquait d'être très, très longue.

Tout le monde commençait à fatiguer. Ils durent s'arrêter plusieurs fois afin que les porteurs de civières puissent se reposer. Et, chaque fois, les loups semblaient de plus en plus audacieux.

Soudain, une des filles s'écria :

— Monsieur Mac !

Patrick se retourna d'un bond.

— Là ! Vous avez vu ?

À moins de trente mètres s'ouvrait un grand trou noir. La caverne ! Ils y étaient arrivés !

Comme s'ils sentaient que leurs proies allaient leur échapper, les loups se mirent à grogner en se rapprochant, comme s'ils se préparaient à un assaut généralisé.

— Vite ! s'écria Patrick.

Le groupe pressa le pas vers l'entrée de la caverne.

Ils allaient y entrer lorsqu'une silhouette sortit de l'ombre. Le groupe s'arrêta net. Un instant, la même idée leur traversa l'esprit. Un loup !

Patrick vit alors que la silhouette était humaine. C'était une fille, qui agitait frénétiquement les bras.

— Eh oh ! cria-t-elle.

Elle arborait un grand sourire. Elle avait des traces noires sur les joues, mais semblait avoir le moral.

— Vous m'avez trouvée !

— Shana ! fit Patrick, soulagé.

— J'en ai eu marre d'attendre dans cet abri, alors j'ai essayé de vous rejoindre. Aurais-je pris la mauvaise piste ? (Shana eut un sourire éblouissant.) Bref, Monsieur Mac, je suis désolé d'avoir pété un câble ce matin. J'étais de mauvaise humeur et je me suis défoulée sur vous.

— Ce n'est rien, répondit Patrick.

Shana tendit le doigt, désignant un point derrière lui.

– Hé, regardez ! s'écria-t-elle, les yeux brillants. Des loups !

– Oui, on avait remarqué, fit sèchement Jay.

– Ohhhh ! s'exclama-t-elle en joignant les mains, surexcitée. Ils sont trop mignoooons !

CHAPITRE 10

Patrick ne savait pas à quoi il s'attendait. Que le livre soit là, au milieu de la caverne, à les attendre ? Peut-être. Ce n'était pas le cas. Ce n'était pas une grande salle au sol poli comme on en voyait dans les vids. C'était une vaste crevasse qui ne mesurait guère plus d'un mètre de large. On ne pouvait même pas tenir debout : il fallait s'adosser à la pierre suintante.

Mais le bon côté, c'était que maintenant, les loups ne pouvaient plus les attaquer. L'espace était si étroit qu'ils ne pourraient entrer qu'un par un. Ils avaient perdu l'avantage – et ils le savaient. Après avoir tourné comme des lions en cage devant l'entrée de la grotte, ils renoncèrent brusquement et disparurent dans la forêt. De toute évidence, ils pensaient avoir perdu bien assez de temps avec ces humains et se mettaient en quête d'une proie un peu plus facile.

Lorsqu'ils eurent disparu, Roger dit :

– Alors, est-ce qu'on va s'en retourner, Monsieur Mac ?

Patrick secoua la tête.

– Il commence à faire nuit. On ne pourra jamais retrouver notre chemin jusqu'à l'abri.

– On peut se servir de nos torches ? insista Roger en tirant la sienne de son sac.

– Les loups voient mieux que nous dans le noir, répondit Patrick. Il va falloir attendre le jour.

Les élèves gardèrent le silence, mais leur déception était évidente. Patrick se préparait à leur faire un petit discours encourageant lorsque Em déclara :

– Monsieur Mac, je peux vous dire deux mots ?

Patrick la regarda avec curiosité.

– Là-bas, ajouta-t-elle en désignant les profondeurs de la caverne.

– Ce n'est peut-être pas une bonne idée, répondit-il. On n'y voit pas grand-chose et je ne veux pas que tu fasses une nouvelle chute.

– J'ai jeté un coup d'œil avec ma torche. Il semblerait que la grotte s'élargisse un peu.

Sans attendre son approbation, elle se mit à descendre dans la crevasse. Patrick la suivit sans trop y croire, passant au milieu de ses élèves. Descendre d'une vingtaine de mètres dans la caverne leur prit bien dix minutes. Em devait souffrir le martyre, mais elle n'en laissait rien paraître.

Soudain, elle s'arrêta et agita sa lampe torche devant elle. Patrick ouvrit de grands yeux. Une immense grotte luisante s'ouvrait devant eux. Les murs, le plafond, même le sol semblaient incrustés de bijoux.

– Wow, dit-il. Tu avais raison.

Elle le regarda un moment.

– Je suis déjà venue ici.

Patrick cligna des yeux, puis la dévisagea.

– Suivez-moi, dit-elle avant de faire un bond d'au moins deux mètres.

– Ta jambe ! s'écria-t-il.

– C'est bon.

– Tu veux dire...

Il s'interrompit.

– Ma jambe est indemne. Le sang ? Du sirop et de la teinture rouge.

– Et tu as laissé ces gamins te porter jusqu'ici ?

Elle acquiesça. Il la regarda de près. Elle n'avait pas changé – toujours aussi sérieuse, calme, honnête. Il n'y avait pas la moindre trace de honte ou de malice sur son visage, rien qui indiquât qu'elle ait pu faire quelque chose de mal.

– Venez, dit-elle en lui faisant signe de la suivre.

Malgré ses doutes, il sauta dans la grotte. Au moment où il touchait le sol, il constata que les « joyaux » sur les murs étaient en fait des gouttes d'eau se condensant sur la pierre.

Em traversait déjà la caverne d'un pas vif.

– Attendez-moi ! lança-t-elle.

Mais elle ne s'arrêta pas pour autant. Patrick sentait son trouble se muer en colère.

– Em, à quoi joues-tu ? Est-ce toi qui a volé ces livres ?

Elle continua de marcher sans répondre.

Il la suivit à travers une galerie étroite, puis dans une salle plus petite, remplie de stalactites et stalagmites multicolores. Elle était brillamment éclairée, bien que Patrick ne puisse deviner par quel moyen.

Bizarrement, un homme se tenait au centre de la grotte. Patrick eut un soubresaut.

– Il s'en est bien tiré, Press, lui dit Em.

– Bon : qui êtes-vous et qu'est-ce que c'est que cette histoire ? demanda Patrick.

L'homme lui décocha un grand sourire désarmant.

– Je m'excuse de vous avoir fait subir cette histoire de fous, mais c'était pour votre bien !

Patrick regarda Em, puis l'homme qui, apparemment, s'appelait Press.

– Vous avez le livre ?

– Oh, oui, nous les avons tous.

Il désigna un coin de la grotte. Tous les volumes disparus y étaient soigneusement alignés.

– Mais… Ils ont brûlé ! s'exclama Patrick.

Press haussa les épaules.

– Si on peut faire comme s'ils avaient été piqués par un personnage de dessin animé vieux de trois mille ans, on peut également faire croire qu'ils ont été incinérés.

– Et nous avions l'accord et le soutien de la directrice, reprit Em. Sans ses codes d'accès, Jay n'aurait jamais pu trafiquer les vidéos de surveillance.

– Attends un instant… Jay était de mèche, lui aussi ?

Patrick entendit un rire résonner entre les parois rocheuses. Il se retourna pour voir Jay assis au bord du chemin descendant au plus profond de la caverne, agitant paresseusement les pieds.

– Je suis l'acolyte d'Em, dit-il.

Patrick était de plus en plus intrigué – et se sentait humilié. Toute cette histoire ne rimait à rien !

Il se tourna vers l'homme qui les attendait dans la caverne.

– Veuillez m'excuser, mais qui êtes-vous exactement ?

L'homme eut un rire cordial.

– C'est une bonne question, mais la réponse risque d'être assez compliquée.

– Press et moi sommes ce qu'on appelle des « Voyageurs », renchérit Em. Press est le Voyageur de Première Terre et moi, celle de Troisième Terre.

Patrick les regarda avec des yeux ronds.

– Jusqu'ici, en Troisième Terre, vous avez eu de la chance, dit Press. Saint Dane ne vous a pas encore mis dans son collimateur. Mais lorsqu'il débarquera ici, vous devrez être prêts. Il faudra que *vous* soyez prêts. Vous voyez, par bien des côtés, la Troisième Terre est le plus vulnérable de tous les territoires de Halla. Ceux qui y vivent ont oublié ce que c'est de lutter pour sa survie.

– Un instant, coupa Patrick. Qu'est-ce que c'est que cette histoire de Voyageurs ?

Press fronça les sourcils.

– Pardon. Je me laisse emporter. (Il regarda longuement Patrick, se gratta le visage et reprit :) J'ai beaucoup de choses à vous raconter. Il vaudrait mieux qu'on s'assoie…

***

Lorsque Press eut terminé sa longue présentation des Voyageurs, de Halla et de Saint Dane, Patrick déclara :

– Bon. En admettant que ça ne soit pas le canular le plus élaboré de l'histoire de l'humanité, pourquoi avez-vous volé ces livres ?

– Tu es destiné à être un Voyageur, reprit Press. Mais pour ça, il te fallait un petit coup de pouce. Retrouver ces livres n'était pas un test, plutôt un entraînement. Une préparation. Certains Voyageurs sont des hommes ou des femmes d'action – je crois que c'est comme ça que tu les appellerais. La Voyageuse de Zadaa – elle s'appelle Loor – était prête à réagir au quart de tour. Pour la préparer, ils ont dû lui apprendre la mesure. Toi, de ton côté, tu devais comprendre que tu as en toi plus de courage et de force que tu l'imagines. Il fallait te montrer ce dont tu étais capable.

– De quoi suis-je capable exactement ? demanda-t-il, mal à l'aise.

– Regarde ce que tu as accompli aujourd'hui. Confronté à toute sorte de danger, tu as réussi à assurer la sécurité de ton groupe et tu as retrouvé un objet d'une grande valeur – pour toi, mais aussi pour le monde entier. Et tu l'as fait avec élégance et bonne humeur. Tu n'as pas forcé ces gamins à faire quoi que ce soit. En fait, ils se sont bien amusés. Ils t'aiment. C'est plus difficile que tu le crois. Être un Voyageur n'est pas qu'une question de courage, mais une décision. Savoir être un meneur d'hommes. Toutes qualités dont tu as fait preuve aujourd'hui.

Patrick sentit quelque chose remuer en lui. À première vue, toute cette histoire était ridicule. Et pourtant, curieusement, elle avait quelque chose de familier. Il avait la même impression que lorsqu'il rentrait chez lui après de longues vacances. Comme si une partie de lui avait attendu ce moment toute sa vie.

– C'est une mission, Patrick, insista Press. Tout le monde doit avoir un but dans sa vie. Voilà le tien.

Patrick inspira profondément. Il ne savait ce qu'il devait ressentir. Si cet homme disait la vérité, c'était à la fois effrayant et exaltant.

– Ce n'est que le début, Patrick, déclara Press. Ce n'est que le début. (Il se tut un moment, et son sourire se fana.) Mais je dois t'avouer qu'à partir de maintenant, ça ne sera pas une partie de plaisir.

CHAPITRE 11

Le lendemain, un transport aérien de secours vint chercher le groupe. Cette nuit-là, les étudiants avaient dormi à même le sol de la caverne, et tout le monde était tout raide, les traits tirés.

Avant de grimper dans l'appareil, Shana sortit de la caverne en courant et alla prendre Patrick dans ses bras.

– Merci de nous avoir emmenés ici, Monsieur Mac ! s'écria-t-elle. C'était le plus beau jour de ma vie ! Je ne l'oublierai jamais !

Tout le groupe l'acclama :

– Oui, Monsieur Mac ! C'était formidable !

Patrick regarda les étudiants, un rien étonné. Il s'attendait à ce qu'ils lui en veuillent de les avoir entraînés dans cette galère. Au contraire, ils lui étaient très reconnaissants.

Lorsqu'ils montèrent à bord, Em s'assit à côté de lui. Elle portait un gros anneau à son doigt. Un anneau avec de drôles de symboles sur chaque côté.

– Un Voyageur doit suivre son chemin, dit-elle. Ma tâche était de vous préparer à nous rejoindre de votre propre chef. Maintenant, elle est accomplie.

Patrick acquiesça. Il tentait toujours de comprendre à quoi rimait toute cette histoire.

– Pourquoi es-tu allée dans les vieux tunnels sous la ville ? demanda-t-il. Comment y es-tu arrivée ?

– Ces galeries les plus profondes sont reliées aux lignes de chemin de fer intercités. J'ai juste pris le train. Il y a un arrêt d'entretien sous les cavernes, relié par un couloir. Je n'ai eu qu'à entrer dans la grotte, y déposer les livres, puis repartir par les galeries pour reprendre le train et rentrer chez moi.

– Pourquoi se donner tout ce mal ?

– Nous savions que vous vous serviriez de l'ordinateur pour deviner où aurait lieu le prochain vol. Et que vous poseriez un mouchard sur le livre en question. Comme ces signaux ne peuvent traverser qu'une certaine épaisseur de pierre, il fallait qu'on s'enfonce assez bas pour y échapper. Puis, une fois déposé dans la grotte, le livre était assez près de la surface pour émettre un signal clair.

– C'est se donner bien du mal !

– Sur la plupart des Territoires, les Voyageurs ne cessent d'être confrontés à des situations compliquées. Mais ici, en Troisième Terre, il n'y a jamais le moindre problème. Il fallait qu'on joue les Slizzard, vous comprenez ? Il fallait vous écarter de Solla Sollew ne serait-ce qu'un instant.

Pendant qu'ils discutaient, le comm de Patrick bipa.

– Les taches solaires doivent s'être résorbées, remarqua-t-il.

Le comm bipa à nouveau.

Il appuya sur le bouton pour accepter la communication et regarda l'écran. C'était le sergent Lane, le policier de l'unité 9.

– Bonjour, Pat, dit-il. Je voulais juste vous dire qu'il y a eu un autre vol.

Patrick fronça les sourcils.

– Quoi ? Ce n'est pas possible !

– Comment ça ?

– Eh bien, j'ai passé la nuit sur le sol d'une grotte à cent kilomètres de New York. Et mes élèves ne m'ont pas quitté un seul instant.

Le sergent Lane parut intrigué.

– C'est bizarre. Oui, vraiment bizarre. Ils ont employé les mêmes codes de sécurité. (Il haussa les épaules.) Eh bien, je suis tout aussi surpris que vous. Je vous envoie ce qu'ont filmé les caméras de surveillance. Jetez-y un coup d'œil. Vous y verrez peut-être quelque chose qui pourra m'aider.

– Bien. (Le comm de Patrick bipa, signalant qu'il avait reçu les films en question.) Quel livre a-t-on volé ?

– On l'appelle... (Le Sergent fronça les sourcils comme s'il avait du mal à s'en souvenir.) La Bible de Gutenberg. Ça vous dit quelque chose ?

Patrick ouvrit de grands yeux.

– Mais... c'est un des artefacts historiques les plus importants au...

L'écran s'éteignit avant que Patrick puisse finir sa phrase. Il se tourna vers Em :

– Tu as entendu ?

Elle fronça les sourcils.

– Mais ça ne colle pas ! On était là, avec vous. De toute évidence, on ne peut pas avoir...

Elle ne termina pas sa phrase.

Patrick invoqua les vidéos de surveillance et les fit défiler. Comme avant, elles montraient le Slizzard en action, traversant la bibliothèque pour faucher un livre, l'emmener sur les marches de la bibliothèque et le brûler.

Em était blanche comme un linge.

– Alors *ça*, c'est louche.

Patrick sentit sa poitrine se serrer. Il repassa la dernière partie de la vidéo. Elle était légèrement différente des autres. Le Slizzard jetait des produits chimiques quelconques sur le livre et y mettait le feu. En quelques secondes, le volume n'était plus que cendres. Ce pouvait être une fabrication. Mais les flammes faisaient plus vraies que dans les autres vids.

Patrick la repassa deux fois. Il remarqua une sorte de saut dans l'image, comme un faux raccord au moment même où le livre prenait feu.

– Un instant ! s'écria Em. Qu'est-ce que c'était ?

– C'est la question que je me posais également, reprit Patrick.

Il repassa le tout au ralenti. Pour obtenir le même résultat. Une des images était différente des autres, comme si quelque chose était apparu en un éclair. Mais c'était trop rapide pour qu'ils puissent dire de quoi il s'agissait.

– Stop ! cria Em.

Patrick arrêta la vidéo et la fit revenir en arrière image par image. Et soudain, il vit le problème. Une image était différente des autres. Au lieu du Slizzard, Patrick pouvait voir un humain en chair et en os, la Bible de Gutenberg gisant devant lui sur le sol, une petite flamme jaillissant de sa main.

C'était un homme immense qui fixait la caméra avec un grand sourire. Il avait des yeux bleus et de longs cheveux blancs. Et malgré son air avenant, il avait quelque chose de menaçant dans le regard.

Puis, aussi vite qu'elle était apparue, l'image se dissipa. Elle ne tarda pas à se transformer pour donner celle du Slizzard. Pendant un moment, il ne resta rien de l'homme, sinon son sourire.

Jusqu'à ce qu'il disparaisse à son tour.

– Qui était-ce? demanda Patrick. Celui qui a vraiment volé le livre? Ou est-ce juste une image aléatoire qui aurait infecté le programme qui a créé le Slizzard?

Em continua de scruter l'écran.

– Oh non, finit-elle par chuchoter. Il nous reste encore moins de temps que prévu!

N° d'impression : 76500